芸人交換日記

～イエローハーツの物語～

鈴木おさむ

太田出版

これは、僕がどうしても書きたかった物語。
世の中には、テレビに出ていない、
出ることのできない芸人さんが、数千、いや1万人以上います。
10年以上もがき続けている人もたくさんいます。
この物語は、30歳を迎えた無名のコンビが、
初めてお互いの本音をぶつけ合った記録です。
どうか彼らの心の叫びが、みなさんのもとに届きますように。
あなたは、誰かのために、
自分の夢を諦めることができますか——?

鈴木おさむ

1冊目

4月1日　田中へ

今日はいきなりお前の部屋のポストにこんなもん入れて悪いな。
お前のアパート、三茶で家賃4万5千って聞いてたから、かなりひどいと思ったけど、
そうでもなかったわ。
駅からはかなり遠いけどな。でも、うちから近いなっ!!
まさか、お前の家のこんな近所に引っ越すことになるとは思わなかった。
街で会ったらめっちゃ気まずいな。
今、田中が読んでるこれ！　なんだ？　と思ってるだろ？
そう、これは交換日記。
ボケとかじゃないぞ！
なんで、こんなものをポストに入れてお前に渡したか？
いきなりだけど、今日から俺は田中と交換日記をしようと思う。
俺ら「イエローハーツ」が今年絶対ブレイクするために、コンビ間で、一緒にいる時

には言いにくいことをこの日記に書いて、コンビの絆を強くしていこう！
エープリルフールでした〜！　とかじゃないから！
直接会った時だと渡しにくいだろうし、仕事がしょっちゅうあるわけじゃないから、お互い、書いたら、部屋のポストに入れることにしよう！（近くに引っ越してきたからこそできることだな）
お前の思いとか遠慮しないでどんどん書いてくれ‼

4月3日　甲本へ

嫌です。

4月4日　田中へ

嫌だと言いながら、ちゃんとこの日記をうちのポストに入れてくれたことに礼を言う。

ただ、この日記はこれからほぼ毎日書いて渡していくものだから、わざわざ袋に入れてポストに入れなくても大丈夫。しかも、TSUTAYAの袋に入れるな。

いくらお前がバイトしてるからって、これに入れなくてもいいだろ！

そんで、田中の返事。大体予想はしていた。

だけどダメだ！　やらなきゃダメだ！

俺たちにはこの交換日記が必要なんだ。売れるために。だからやるぞ！

4月6日　甲本へ

嫌です。

4月7日　田中へ

TSUTAYAの袋に入れなくてもいいって言ったろ！　入れるな!!

この交換日記をなんでやらなきゃいけないか、説明しなきゃいけないようだ。

俺らイエローハーツはコンビ結成して今年で11年目だぞ！　もうM－1グランプリにも出られないんだぞ！　分かるだろ？　しかももうお互い30歳になっちまった。

俺らの漫才を一度でも見た人たちは、みんな「ネタはおもしろい！」とは言ってくれるのに、ネタ番組のオーディションを受けても全然受からないだろ？

テレビをつければ、自分らよりかなり年下の芸人が続々テレビに出て爆笑を取ってる現実がある。自分らよりネタがおもしろくないやつもテレビに出てる。

かたや俺らの仕事は営業ばっか。この年齢で年収85万円はまずいって！

お前はバイトしてるから違うと思うけど、本業でこの金額はバイト以下だろ？

吉本とか大きな事務所だったら、色んなライブに出るチャンスももっとあるだろうけど、うちみたいな弱小事務所だと難しいもんな。

ぶっちゃけ、俺はかなり焦っている。

だからこの日記なんだ！　だからやるぞ、交換日記！

4月9日　甲本へ

嫌です。

4月10日　田中へ

まだ気持ちが伝わってないの⁇

俺らはネタする時以外はほとんど喋ることもない。

というか、あらためてコンビで喋るのも照れるし、そんなコンビほとんどいないけど（キャイ〜ンさんは楽屋でも本当に仲いいって聞いたことあるけどな）、今のままじゃ俺らはダメだと思う。売れるためには、今、俺と田中がコンビのために色々考えなきゃいけない。

だからと言って、面と向かって話し合うのも無理だろ。もし話し合っても意見がズレてケンカするのがオチ。

だからこれ。今、お前が見ているこのノートがコンビ間のウミを出すはずだ。

俺がなぜこんなに焦ってるか分かるだろ？

漫才だけやってきたけど、もうM－1にも出られない。

紺野さんが芸人やめてバーを始めたのも30歳だった。今の俺らの年だ。

そろそろ見切り付けなきゃいけない年だ。

30歳なのに生活がひもじすぎる。貧しすぎる。

毎日、ご飯にふりかけかけて食ってる自分が情けなくなる。

富士そば行って、カレーのセットを食べてる大学生見てうらやましくなる。

西田のこと、覚えてるだろ？　高2の時にお前と同じクラスだった西田。さっきあいつから子供できたって電話きた。「お前、今、何してんの？」って聞かれて、「テレビ局で働いてる」って思いっきりウソついちまった。

もうこんな気持ちになるのは嫌だ。

実家、ほとんど帰ってないだろ？　お前も！

地元のやつに会いたくても会わせる顔ないから帰りにくいもんな。もっと堂々と実家帰りてえよ。千葉なんて、あんなに近いのに。

焦ってるのは俺だけじゃないだろ？　田中だってそうだろ？

だから、これなんだって！

言いにくいこと、言えないこと、コンビのこれからのためになりそうなことは全部この日記に書いて、前向きに語り合っていこうぜ。

そうすれば他の若手に負けない絆も生まれて、今年こそ大きなチャンスを掴んで絶対売れそうな気がするんだ。

ここまで説明したら、もう分かっただろう。

イエローハーツの本当の伝説は、ここから始まるんだって。

さあ、お前の思いを、この交換日記に書け！

4月11日　甲本へ

嫌だ。

4月12日　田中へ

俺よりもお前のほうが内心焦ってるタイプだろ？　顔に出さずにクールぶる。

本当に田中らしいわ。

そして、ＴＳＵＴＡＹＡの袋に入れるなって言ってるのに入れ続ける。

ここも田中らしいわ。

だけど、お前がこの調子だから、俺は今日、お前に直接コレを渡しに来た。どうだ？

4月12日　甲本へ

バイト先に来るのはダメです！

しかもお客のフリして、店の袋を出すのはやめてください。

僕は店では芸人やってることを隠してるんだから。

袋の中からＤＶＤじゃなくて交換日記出てきたから、他の店員から変な目で見られたでしょ？

二度とうちの店には来ないでください。

4月13日　田中へ

お前が素直にこの交換日記を続ければ、もうTSUTAYAには行かない。

でも、お前が拒否し続けるなら、毎日TSUTAYAに行くからな！

さあ、どうする？　っていうかお前はこれをやるしかないんだって！

お前は普段テンション低いし、本音を言えないタイプだろ⁇

でもこのノートがあればお前も遠慮せずに言えるはずだ。

そうだ！　コンビ間のことが言いにくいなら、お互いのことを書こう！

お前とは高校の時からの付き合いだから、昔のことはお互いよく知ってる。でも、最近のことは知らないだろ？　というかプライベートのことなんか話さないだろ。つうか、隠してることも多いはずだ。

今日は、俺が田中に言ってないことを包み隠さず書こう。恥ずかしいけど。

ここに引っ越してきた本当の理由は、前の家を追い出されたからだ。家賃を滞納しすぎて、大家に訴えられたけど、彼女が全部立て替えてくれてなんとか助かった。その彼女の家に転がり込んだら、お前の家の超近所。

あ、今の彼女のこともちゃんと話したことがなかった。

久美ってやつだ。地味な名前だろ？　でも、顔は派手だ。付き合って3年だぞ！　ちゃんと付き合ってんだろ！

昼は薬剤師で、夜はキャバ嬢やってるがんばり屋さんだ。

本当にいいやつなんだよ。だって毎日、俺に生活費を千円くれるんだぞ！

久美とは、井口が開いたコンパで会った。今、31歳。俺らの1コ上だ。オバサン一歩手前。アラサーだ。店では25歳で通してるらしい（内緒な）。

お前はまだ彼女できないって井口に聞いたけど本当か？

そろそろやばいだろ。

あともうひとつ！　田中に隠してることがある。

借金は200万あるんだ。100だと言ってたけど、200だ。

パチンコ屋でバイトしてたと言ったが、あれもウソだ。パチンコ屋のバイトじゃなくて、パチンコ屋に毎日通ってたが正解だ。

パチンコはダメだな。もうやめる。

これがお前に隠してたことだ。コンビのウミを出すために書いたぞ。

今年は絶対売れるんだ!!

売れなかったら死ぬ!!

さあ、今度はお前のことを知りたい。俺に教えてくれ!!

4月15日　甲本へ

隠してることなんてないし、特に言いたいこともないです。

コンビ間で言わなきゃいけないことがあるなら、こんな日記じゃなくて、メールでいいんじゃないですか？

4月16日　田中へ

今日の営業はキツかったな。そろそろストリップ劇場での営業もやめられねえかなぁ。いまどきストリップ劇場で営業やってるの、うちの事務所くらいだよ、マジで。でな！　この日記！　メールじゃダメなんだって。手書きの文字で書くことが必要なんだ！

想像してみて？　ある日、俺らがめちゃめちゃおもしろい漫才をした。それを見てた客から手書きの手紙を渡されて、そこに「超おもしろかったよ」って書いてあってほめられるのと、メールで「おもしろかったよ」とほめられるの。どっちが嬉しい⁇

4月17日　甲本へ

っていうか、見てたお客がメアド知ってるのおかしくないですか？

4月17日　田中へ

例えが悪かった。田中の家の郵便受けに手書きで「ぶっ殺す」と書いてある手紙が入ってるのと、知らないアドレスのメールで「ぶっ殺す」って送られてくるのとどっちがすごい？　絶対、手書きだろ‼

4月17日　甲本へ

すごいっていうか、それ、怖くないですか？

4月17日　田中へ

返すの早いな!!

俺が言いたいのは、手書きのほうが本人の思いが伝わるだろってこと！

本当お前は、ああ言えば上祐だ!!

4月18日　甲本へ

普段から「ああ言えば上祐」って言う癖、やめてくれませんか？

前にテレビのオーディションの時、漫才中にアドリブで「ああ言えば上祐だな」って言って、スタッフさんから「テレビ向きじゃないね」って注意されたよね？

普段から言ってると、また大事なところで出ちゃうと思います。

4月18日　田中へ

いいね、いいね！　やっと俺への思いを書いたね。交換日記らしくなってきた。こんな感じでどんどん書いてよ。

4月18日　甲本へ

もうそろそろ終わりにしませんか。

4月18日　田中へ

終わりにしません！　ガンガン続けます！

パチンコ屋の営業は厳しいよな……。全然声聞こえないんだもんな……。もうちょっとまともなところでネタやりたいよな……。

昨日の営業終わり、井口と飲みに行って、ちょっと言い合いになった。

井口ももう8年目に入るから、売れなくて焦ってると思うんだけど、あいつが「結局、おもしろくても売れない人は売れないんですよ」とか言いやがるから、腹立って言い合いになった。

俺はおもしろければ絶対売れるって思ってる。ぶっちゃけ、田中はどう思う⁇

4月20日　甲本へ

どうだろう……。分かりません。

4月21日　田中へ

昨日、紺野さんのバーに行って井口に言われたことを相談してみた。

紺野さんは芸人やめたからこそ、色んなことが見えるって言ってた。

確かに、おもしろければ売れるって言ってた。

だけど、紺野さんの思う「おもしろい」にはネタだけじゃなくて、キャラとか、色んな要素があると思うって言ってた。何かが足りないから売れないんだと思うって言ってた。

そこで、考えてみようぜ。俺らイエローハーツに足りないものってなに？

4月22日　甲本へ

どうだろう……。分かりません。

4月23日　田中へ

俺はイエローハーツのいくつかの「ない」を発見した。

まず、俺たちには「華がない」。あか抜けてない。はんにゃが出てきた瞬間、華あるな〜って思ったもんな。

俺たちに「ない」もの、2つ目は「運がない」だ。大事なオーディションがある日に限って、しょーもない営業が入ったりする。運ないよな……。

さあ、肝心の「ない」の3つ目。これはシビア。紺野さんにも言われた。

俺たちには「テレビ用のキャラがない」。テレビで売れるには、おばちゃんでも分かる見た目のキャッチーさが必要だって。確かに、響とかって初めて見てもひっかかるもんな。

俺ら、両方とも身長170くらいでデブでもなく痩せてもなく、テレビではキャラが普通すぎる。熱いツッコミの甲本と淡々としたボケをする田中ってことだけじゃ、足りないんだ。

特にボケの田中のキャラを濃くしたほうがいいと思ってる。どうだろう？

4月24日　甲本へ

じゃあ僕と別れて、キャラの濃い、身長2mで体重200キロのオカマとかと組んだらどうですか。

4月24日　田中へ

身長2mで体重200キロのオカマとか世の中にいないし、仮にいたとしても、それじゃあキャラが濃すぎるだろ。そうやってスネるな！

今日は俺たちの最後の「ない」についてだ。

うちらは事務所の力がない。まったく「ない」。

事務所が弱小すぎる！　他のお笑いプロと比べてテレビ局に何のコネもない。

テレビ関係者で俺らの知り合いは川野さんだけ（今じゃ連絡もないけど）。

うちの事務所、「ビッグチャンス」って名前のくせに全然でかいチャンスをもらえない。

あの時、やっぱ借金してでも吉本か人力舎の学校に行けばよかったな。

覚えてるか？　うちのオーディション受けて、中山社長に喫茶店呼び出されてさ。あの頃、社長もAVの制作会社をやめたばっかりで、俺らに熱く語ってたよな？

――お笑いで絶対当てるから、紺野とお前らが第1号になってくれ――

こないだ井口に聞いたけど、社長、酔った時に俺らのこと完全に諦めてたらしいぞ。

絶対にやらないって言ってたAV嬢のマネージメントをやり始めてるしさ。

そんで、マジ相談。

思い切って、事務所移るのどうかな？　他のでかい事務所に！

4月25日　甲本へ

他の事務所にいまさら行ったたって何も変わらないと思います。

4月26日　田中へ

でも、このままうちの事務所にいてもなんのチャンスも舞い降りてこない。

明日もまたストリップの営業だぞ！

社長は俺らのことを売る気がないんだから。

あ！　最近うちに入った桃乃つぐみってAV嬢いるだろ？

あいつ、社長の愛人だって説があんだぞ！　腹立つだろ!!　許せないよな。

4月27日　甲本へ

AV嬢のおかげで、僕らの営業の仕事も前より増えてるし、仕方ないと思います。

あと、怒ってるって割には、甲本がこないだ社長に「今度AV嬢とコンパ開いてください」と頼んでたと聞きました。

その辺は、どのようにお考えですか??

4月27日　田中へ

社長とコンパの話はした！　でも、それは話の流れでなっただけだ。本気でお願いしたわけじゃない。社長と空気を読んだ会話をしただけだ。

4月28日　甲本へ

今週末にコンパ決定したって聞いたけど、じゃあ、行かないんですね。

4月29日　田中へ

行きます。行ったらおもしろい話の1個や2個できるから。そのために行くんだ。

コンパの話はいったん置いといてさ、去年までうちの事務所にいた福田のこと、覚えてるか？

ちょっとイケメンのテンション低めなやつ。芸人になっておきながら俺に向かって「ガツガツするのカッコ悪くないですか？」とかほざいたやつ！

あいつ、今、お笑い専門じゃないでかい芸能プロに入って、そこで別のイケメンと「BB」ってコンビを組んだらしいぞ。ビューティフルボーイズの略で、BBだってよ。爆笑だよな！

事務所が力を入れて売り出すって言ってるらしい。あんなやつが売れたらどうする！

だからうちらも事務所変えたほうがいいと思うんだけど。

4月30日　甲本へ

だから僕らを引き取ってくれる事務所なんてないって。キャリア行き過ぎだし。福田は顔がいいから売り出してもらえるんだと思います。

5月1日　田中へ

顔がいいって、いいよな！　……って思いたくなるけど、顔がいいからって関係ない！

結局はおもしろさだ。千原ジュニアさんがよく言ってるらしい、おもしろい芸人の条件。

顔が怖い。

絵がうまい。

部屋がきれい。

この3つ!!　だからBBはダメだな。

俺は顔、怖め。でもお前は絵がうまい、部屋がきれい。

ふたり合わせて、売れる条件は揃ってるよな⁇

5月2日　甲本へ

そろそろこの日記、終わってもいいでしょ。

5月3日　田中へ
俺らが最近、テレビのネタ番組のオーディションに受からない理由を考えたい。大きな理由として、俺らはすでに中年だということ。30歳ともなると、どのテレビ局のオーディションに行っても、ＡＤさんどころか、最近はディレクターさんでさえ年下の人が多くなってきた。だから思い切って、これから年齢を3つくらいごまかすのはどうかな⁇

5月4日　甲本へ
アイドルじゃないんだから、嫌です。絶対バレるし。

5月5日　田中へ
確かに年をごまかしてもバレるよな。しかも体はごまかせないしな……。こないだ井口と飲みに行った時、井口が俺に向かって「最近、加齢臭がする」って言ってたけど……。あいつはおもしろいと思って言ってるだけだよな？

5月6日　甲本へ
気付いてなかったの？　油粘土みたいな臭いするけど……。

5月7日　田中

どおりでテレビのオーディションに通らないわけだ。テレビの若手ディレクターは油粘土の臭いがするおっさん芸人なんかとやりたくないもんな……。

だから、俺は今日、加齢臭を取るスプレーを買ってきたんだよ。

そしたらさ、商品の名前「カレー日和」だって。

加齢とカレーをひっかけてギャグっぽくしてるんだと思うけど、こういうネーミングが逆効果だってことになんで気付かないのかな？

5月8日　甲本へ

自分の弱点は自分では気付かないもんなんじゃないですか？

5月9日　田中へ

そうなんだよ。自分では気付かないんだよ。俺も自分の加齢臭に気付かなかったわけだし。

だから多分、俺たちにはお互いに気付いてない弱点がもっともっとあるはずだ。

だから言い合っていこう‼　俺の弱点、もっと言ってくれ！

5月10日　甲本へ

もうないです。

5月11日　田中へ

よーし、だったら俺のほうから先に言わせてもらうぞ。

俺たちが売れるために、お前が直したほうがいいと思うことをズバっと言わせてもらう。

お前はケチだ！　ケチ過ぎる!!

ケチな芸人はカッコ悪い。ケチな癖を直せ。

5月11日　甲本へ

僕はケチじゃないです。

5月11日　田中へ

ビートたけしさんなんか、飯屋に行って、そこに芸人がいるって分かると、その芸人を知っていようが知っていまいが、全員分のお金を払って帰るって聞いたことがある。

しかもこっそり帰るんだって。カッコいいだろ！

お前もまずケチな癖を直せ！

5月11日　甲本へ

僕、ケチじゃないです。

5月11日　田中へ
いや、ここは譲れない！　お前はケチだ！　素直に認めろ。

5月11日　甲本へ
だからケチではないです。

5月11日　田中へ
1日何回やってんだよ‼
で、お前はケチだ。お前はドケチ、いや、超ドケチだ。
認めろって‼

5月13日　甲本へ
ちょっと本気でうざくなってきたんですけど。
この日記やめます！

5月13日　田中へ
ほらケチだ。日記を書く時間をケチってる。
お前が認めないなら言ってやる。
井口から聞いたぞ。田中は後輩を全然飯に連れて行かないって。

それは、後輩にメシをおごるのが嫌だからということになる。

いいか？　お前は後輩にケチ芸人だって言われてるんだぞ!?

恥ずかしいだろ。でも本当に言われてるんだ。

5月14日　甲本へ

甲本にこんなこと言うのは嫌だったけど、全然僕の空気に気付いてくれないし、言わないとこのまま続きそうなんで本音、言います。

後輩たちをメシに誘わないのは事実です。確かに金のことが気になるからです。後輩をメシに誘って、ひとりかふたりだったらいいけど、5人とか来たら困るし。前に後輩と飯に行って、後輩が高いメニュー頼んで内心ドキドキしてる自分がいることに気付いた。

こんなんだったら行かないほうがいいなって思った。セコい自分が嫌だから。

できれば僕だって後輩におごってあげたいです。腹一杯食わせてあげたいです。でも、自分たちの稼ぎすらないのに、そんな余裕なくて。

紺野さんは、金ないのに金払いよくて、僕らのことメシにたくさん連れて行ってくれたけど、結局借金たまって、芸人やめて働いてるって現実があるし。

甲本も後輩に金払いいいのかもしれないけど、借金やばいんでしょ？

お金のこと、ちょっと考えたらどうかな？

5月15日　田中へ

俺は大丈夫だって!!
にしても、今日の営業のギャラ、少なすぎるよな！　あんなに客入ってたのに。
桃乃つぐみってすごいんだな！

5月16日　甲本へ

甲本は借金200万だと言ってたけど、本当は300万を超えていると聞きました。
300万超えたのは、紺野さん以来じゃないですか⁇
人にケチとか言ってる前に、結構やばい状態なんじゃないですか？

5月16日　田中へ

お前に俺の借金のことをとやかく言われる筋合いはない!!
俺の人生だから勝手だろ！

5月17日　甲本へ

甲本がここに何でも書けって言うから書いたんですけど。

5月17日　田中へ

確かに言ったけど、これからのコンビに関わることを書けって！

借金は関係ないだろ。

5月18日　甲本へ

甲本はコンビに関係ないこと、たくさん書いてるよね⁇
あのさ……甲本はお金のルーズさで周りの人に迷惑かけてるんじゃないですか？

5月19日　田中へ

迷惑かけてる？
俺は借金して、金融会社は待たせてるけど、周りの人に迷惑かけてねえよ。

5月20日　甲本へ

周りに迷惑かけてない？　本当ですか⁇
過去に付き合った女全員に借金してるって聞いたんですけど。
それって十分迷惑かけてると思うんですけど。違いますか？

5月21日　田中へ

俺はこう見えて今まで付き合った女は全員幸せにしてきてるんだ。
だから金のことも、みんな向こうから心配して貸してくれてるんだ。

5月22日　甲本へ

井口に聞きました。5年くらい前に付き合ってたキャバ嬢と別れる時、「お前とはセックスの相性が悪い」って言って、いまだに恨まれてるって。

それでも幸せにしてるんですか？

5月23日　田中へ

その時は恨まれたかもしれないけど、今では仲のいいメル友的関係だ。

あの時ハッキリ言ってくれてありがとう的な関係だ。

5月24日　甲本へ

去年、借金の支払いがかなり切羽詰って、その女にまで金を借りに行ったと聞きました。

その子が働いてる店に井口と一緒に行って、仕事終わりに捕まえて金貸してくれって頼んだらブチギレられたんだよね？

そしたら体のゴツい、天龍みたいな店員が出てきて、胸ぐら掴まれて「お前がどうやってこいつに金返せるんだよ」ってどやされたら、甲本は「最悪の場合は俺のカラダで払います」って真顔で言ったらしいね？　しかも殴られたって。甲本のカラダ、いらないでしょ！

甲本にとって、そんなにキレられた女性との関係が「仲のいいメル友的関係」なんですか？

5月24日　田中へ

結果、それも芸人としておいしい話だろ？

人に話せる話だろ？　お前もそういうエピソードを作ったほうがいい。

5月25日　甲本へ

おいしい話と言ってるわりには、井口には「誰にも言うな」とマジ口止めして、誰にも話してないと聞きました。

本当においしいと思ってますか？

5月25日　田中へ

ちょっと待て！　STOPだ！

今、この日記を振り返ってみたんだけど、5月16日以降、ずっと俺の金の話だ。

これはズルい。バランスが悪すぎる。だから、今日は俺もお前に言いたいことがある。

これはずっと言いたかったけど、正直ちょっと言いにくかった。

お前はずっと彼女がいない！　しかも、女遊びをしない。風俗にも行かない。コンパにも行かない。

絶対芸人としてダメだと思う。

5月26日　甲本へ

別に彼女いなくたって、女遊びしなくたって、関係ないと思います。

5月26日　田中へ

いーや、関係あるって。松山千春は昔、抱いた女の数だけ曲が作れるって言ってたし。

俺も行ったコンパの数だけおもしろいネタができるって思ってる。

お前ももっと女遊びをしろって！

5月27日　甲本へ

甲本はもう3年以上付き合ってる彼女がいるんだよね？

その彼女の部屋に転がり込んで住ませてもらって、お金ももらってるんだよね？

甲本が遊んでる時も、彼女は昼も夜も一生懸命働いてるんだよね？

そんな彼女がいて、コンパとか行って、セックスしたくて必死になって、芸人以前に人として胸は痛まないんですか⁇

5月28日　田中へ

俺は彼女を大切にしている。毎日働きに行かせて申し訳ないと思ってる。

間違わないでほしいけど、俺は女とセックスしたくてコンパに行ってるわけじゃない。

情報収集のために行っているんだ。

俺たちも30だ。気を付けないと最近の音楽もドラマもマンガも知らなかったりする。俺が最近の若い子の情報をコンパで収集してるからギリでコンビとしてOKになってるけど、俺が知らなかったらイエローハーツは本当のおっさんコンビだぞ。

5月28日　甲本へ
じゃあ、コンパには遊びじゃなくて勉強のために行ってるんですね⁇

5月29日　田中へ
100パーセント勉強だ！　……と言いたいけど、俺がそういうことを書くと、ああ言えば上祐のお前のことだ。俺の揚げ足を取るつもりだろ？
その手にはひっかからない。
正直、コンパに行って、ちょっとだけ楽しい自分がいるから、80パーセントは勉強ということにしておくわ。

5月30日　甲本へ
甲本はコンパで、後輩がモテ始めると露骨につまらなそうな顔をするらしいですね。
先週のコンパでも、王様ゲームで甲本が王様になって、気に入った女とキスを命令した時に、その女が「キスはできない」と真顔で拒否したら、甲本が本気で「お前は空気が読めない」と1時間以上説教して、コンパが台無しになったらしいですね。

帰りがけに女全員が「一番空気読めてないの、あいつだろ！」と怒ってたと聞きました。

こういうことも含めて勉強なんですね‼

5月31日　田中へ

それ言ったの、井口だな。本当、あいつはおしゃべり野郎だな‼

つうか、俺の話はいいんだよ。田中の話をしていたのに、すぐに俺の話にすり替える。

いいか？　彼女のいない、女遊びもしないお前にある疑惑がある。

そう、ホモ疑惑だ。お前はモテないわけではないはずなのに、彼女も作らない。

おかしい！

紺野さんがバーを開く時に、みんなでお祝い会をやって、俺がベロベロに酔って全裸になった時。俺はふらふらになりながらも覚えている。俺の全裸の写真をお前は携帯で撮影していた！

なぜ相方の裸を撮る⁉

俺たちはコンビだ。ぶっちゃけ俺だけには言ってほしい。そんなことで悩んでいるなら言ってほしい。絶対誰にも言わないから。

お前の疑惑は本当か？

そして、好きな相手は俺なのか⁇

6月1日　甲本へ

仮に僕がホモだったとしましょう。

甲本だけには惚れません。

高校の時から甲本は、すぐに「あいつ、俺に惚れてるぞ」と言ってたけど、実際にその女子が惚れてたことはありません。

そんで、ホモじゃないですから。

付き合ってる女は今はいないけど、好きな女くらいはいるんで大丈夫です。

6月2日　田中へ

好きな女……誰だ⁇

6月3日　甲本へ

誰だっていいでしょう。中学生じゃないんだから。

6月4日　田中へ

俺は昨日、こっそりお前のバイトを見てたぞ。

お前のレジの横にいた、あの髪の長い女性。名札に宇田川って書いてあった女。

あれがお前の好きな女だな⁉

あの人と話す時のお前の目が輝いてたぞ。

ただ、先に言っておくけど、あの宇田川さん、俺の顔をずっと見つめていた。もしかしたら、お前みたいなのより俺みたいなほうが好きなのかもしれないな。そういうこと、先に言っておかないと後でモメるの嫌だろ⁇

6月4日　甲本へ

店に来てたの気づいてました。帽子被っててもバレバレです。お願いです！

二度とこういうことやめてくれませんか⁇

大迷惑です‼

あと、宇田川さんが甲本の顔を見ていた理由。

1ヶ月くらい前に、甲本に下北の駅前でしつこくナンパされたそうです。そんで店に来た甲本の顔をじっと見て思い出して、「気持ち悪い。ストーカーかも」って言ってました。残念でしたね。

それと、僕の好きな人は宇田川さんじゃないですから。っていうか、何？　この中学生みたいな感じ。

もう絶対来ないでください‼

6月5日　田中へ

宇田川さんとお前の恋がどうなっていくかは別として、お前はコンパに行ったほうがいい。

ここからはマジ話するぞ。

お前がコンパに行ったほうがいい理由をハッキリ書くけど、絶対怒るなよ。この交換日記は俺らイエローハーツが売れるために色んなことを改善していくための場だ。

最近、お前が漫才のネタの中で書く「あるあるネタ」が正直ちょっと古いな〜と思っちゃう時がある。

例えば、学校のあるある。「授業中、校庭に迷い込んできた犬」のくだりとか、正直、最近の若い子にはあんまり通じないと思う。

あと、お前の好きなドラゴンボールネタも、今の女子高生にはあるあるネタじゃないし。

俺はコンパに行ってるから最近の感覚が分かるけど、正直、少しズレが出てきてる。

だから、コンパに行って、もっと色んな人と話したほうがいい。

6月6日　甲本へ
じゃあ、これからは甲本がネタ書いたらいいんじゃないですか？

6月6日　田中へ
俺がネタを書けばいい？
それは、コンビで一番言っちゃいけないことだって分かってるだろ？

6月7日　甲本へ
甲本がネタの文句を書いてくるからでしょ？
だったら、甲本が書けばいい。若い子に超ウケるネタを。

6月7日　田中へ
なんだよ、それ！

お前は、コンビのネタを書いてないほうのコンプレックス、もっと理解しろよ。

コンビのネタ書いてるほうはすぐにそういうことを言う。「俺がネタを書いてるほうですよ」って空気を出す。

ネタを書くのがそんなに偉いか？　偉いかもしれない。だけど、お前がネタを書いてる分、俺はお前がやらない芸人付き合いとかしてるんだぞ。

行きたくもない飲み会に行ったり、他事務所の芸人とコンパに行って盛り上げて、イエローハーツが少しでもおもしろいと思われるようにがんばってるんだよ。

6月8日　甲本へ
色んな営業努力、お疲れ様です。
でも、もう書きません。次の営業でやるネタから甲本が書いてください。

6月8日　田中へ

だから怒るな！　スネるな！　コンビのためだと思って言ったんだ。

それに、ネタはボケが書くべきもんだろ！

6月9日　甲本へ

ツッコミが書いてるコンビだっているでしょ？　キャイ〜ンさんとかオードリーとか。

だから、甲本が書けばいいいんですよ。

6月9日　田中へ

確かにツッコミが書いてるコンビもあった。

だけど、ほら、爆笑問題さんは太田さんだろ？

品川庄司さんは品川さんだろ？

タカトシさんやブラマヨさんなんかはふたりで話しながら組み立てていくって聞いたな。

あ、よゐこさんは驚くことに初期のコントは濱口さんが書いてたんだってよ。有野さんかと思っただろ？　ビックリ！　バカと天才は紙一重だよな。

6月9日　甲本へ

何が言いたいんですか⁇　早くネタを書いてください。

6月10日　田中へ
ハッキリ言おう。俺にはネタは書けない。それは認めよう。

でも、いいか⁇　そもそもお前をお笑いの世界に誘ったのは俺だということを忘れないでほしい。

高校出て、しがないコックになりかけてたお前を誘ったのは俺だ。

俺がお前に電話かけて「芸人にならないか？」と言ってなかったら、お前は今頃毎日毎日、でっかい中華鍋振ってたんだぞ‼

それを忘れないでくれないか？

6月10日　甲本へ
僕が目指していたのはイタメシのコックです。
中華鍋は振りません。
だから、早く甲本がネタを書けばいいんですよ。

6月11日　田中へ
鍋の話はいいんだよ！
中華鍋はあくまでも例えだろ。
この世界にお前を誘ったのは俺だ！　って言ってんだよ。

6月11日　甲本へ

一体、何の話をしてるんですか？

ネタの話をしてるんじゃないんですか？

だから、早くネタを書いてください。

6月12日　田中へ

なんで俺がネタのことをここで書いたか分かるか？

悔しいんだよ。悔しかったの。

俺らのネタ見た後輩で、イエローハーツのネタは古いとか言ってるヤツがいるらしくて。

それ聞いて腹立ったんだ。お前に、言うべきじゃないと思ってたけど。

でも、お互いの気持ちをぶっちゃけるためにこの日記作ったし。

だけど、やっぱ、ここは言っちゃいけないことだったんだなって思った。

悪かった。すまん。

6月12日　甲本へ

謝る前に、早くネタを書いてください！

6月13日　田中へ

分かったよ。

俺、一度、ネタ書いてみる。書いてみるから。

6月14日　甲本へ

お待ちしてます。

6月18日　田中へ

大変お待たせしました。自分なりにがんばってみました。

6月19日　甲本へ

この日記に挟んであった、甲本が書いたネタ、見ました。

まずひとつ言わせてください。

なぜ、FAX用紙に書いたんですか？　しかも感熱紙!?

ノートくらい買ってください。

でも……。甲本の汚い手書きの文字を見て、なんか懐かしくなりました。

甲本がネタ書いたの、高3の文化祭以来だね。

正直、僕らのネタのあるあるが古くなっているのは自分でも感じてました。

だから、今後あるあるネタを入れていくのはやめようと思っていました。

僕がTSUTAYAでバイトを始めたのは、あそこでバイトしてれば、売れてる曲とかマンガとか映画とか、知れると思ったからです。
甲本にそのこと言われて、自分でも気付いてたことだから、ちょっと腹が立ちました。ごめん。

6月20日　田中へ
本音を言ってくれてありがとうな。

6月21日　甲本へ
一応言っておくけど、「校庭に犬」のネタを考えたのは甲本です。

6月21日　田中へ
それは俺じゃない!!

6月21日　甲本へ
僕は嫌だと言いました。だけど、絶対に入れたいと言ったのはあなたです。「バレンタインの日の合コンで超ウケた」と自信満々に言ったのは甲本です。
2月17日、渋谷のサイゼリヤ。夜10時からの打ち合わせです。

6月22日　田中へ

俺だったかもしれない。俺だったことにしておこう。

まあ、細かいことはどっちでもいいじゃないか！

で……実はこの日記を通してお前に聞いておきたいことがある。

川野さんのこと、どう思ってんの⁇

6月23日　甲本へ

別に……。何とも思ってない。

6月24日　田中へ

本当か……⁇

俺、今でも思い出すんだよな。5年前、川野さんが渋谷のシアターDで俺らが出たライブをたまたま見に来てて、終わった後に出口で俺らのことを待ってて、「『新しい風』に出てくれ！」って言ってくれた時のこと……。

夢かと思った。ウソだと思った。

俺らみたいな弱小事務所の芸人に声がかかるなんて信じられなかったから。

誰もが出たかったネタ番組だったたし。

あの時のことが忘れられないんだよな……。

6月25日　甲本へ

川野さんのことは忘れよう……。

仕方ないよ。

仕方ない。

『新しい風』に出してもらったことで、一瞬仕事増えたし……。

6月26日　田中へ

仕方ないじゃ終われねぇよ。

あの人は裏切ったんだ。

覚えてるだろ？　『新しい風』のメンバーをピックアップして『スクランブルエッグ』を立ち上げる時、川野さん、絶対俺らのこと入れるって言ってくれたのに、入れてくれなかった。

俺、川野さんの言葉を真に受けて、おふくろに言ったら超喜んでくれたのにさ。レギュラーなくなったこと、電話することもできなくて……。そしたら、うちの姉ちゃんが電話してきたんだ。お母さんが、イエローハーツが出てなくて心配してるって……。それ聞いて、芸人になって初めて泣いたよ。悔しくて……。

だから、俺はあの人のこと許せないんだ。

6月27日　甲本へ

たぶん、川野さんは僕らのこと本気で入れたかったけど、ダメだったんだよ。プロデューサーが反対したって言ってたでしょ？　あの番組に入った芸人、みんな25歳以下だったし……。

6月28日　田中へ

本当は、川野さんのことで聞きたいことがあるんだ。一番聞きたかったこと。川野さんが『スクランブルエッグ』作る時に、お前を番組の作家として誘ったって噂を、ずっと前に聞いて、ずっと聞けなかった。川野さんから、コンビ解散して作家でやれば、絶対作家として売れるって言われたらしいと聞いたけど。本当のこと、教えてくれ。

6月30日　甲本へ

本当だよ。

7月2日　田中へ

なんで隠してた⁇

7月3日　甲本へ
隠してたつもりじゃない。でも、ごめん。

7月5日　田中へ
なんで相談してくんなかった⁉

7月6日　甲本へ
ごめん。

7月6日　田中へ
つうか、なんで断った‼
やってれば今頃、お前、貧乏生活しなくてすんだだろ？

7月7日　甲本へ
単純だよ。
甲本と漫才をしていたかったから。

7月8日　田中へ
お前はアホだな‼

この日記、やってよかったわ。

さすが俺‼

こんな感じよ！　こんな感じ！　こんな感じで、この日記……続けてもいいよな？

7月10日　甲本へ

今日、営業前にひとつ気になったこと、いいですか？

財布、買い替えたんですね。

高そうな財布ですね。

7月11日　田中へ

BOTTEGAの財布だ。いいだろ？　8万もすんだけどな。財布はいいヤツを持ってたほうがいいって言うだろ。お金と運が入ってくるもんだから。

お前の、確か折りたたみだよな？　テロッテロの折りたたみ。

芸人なんだから、財布くらいいいやつ買えよ！　ケチるな‼

7月12日　甲本へ

確か7年前の12月、ローンが回らなくなったって、甲本、僕に8万円借りたよね？

確か、まだ返してもらってないですよね。

僕も財布を買うので、8万返してください。

7月13日　田中へ
よーく見たら、お前の財布、いい財布だよな。
そのままでいいんじゃないかな。

7月13日　甲本へ
嫌です。財布買います。テロッテロなんで買います。
甲本がケチケチ言うんで、財布買いますから。
だから、8万、返してください。

7月14日　田中へ
お前はケチなんかじゃない！
計画的なやつなんだよな。

7月14日　甲本へ
いや、ケチです。来週までに返してください。

7月15日　田中へ
来週は無理です。許してください!!
というか、この日記、もうやめませんか??

7月15日　甲本へ
絶対にやめません。
この日記、始めてよかった！
言いたいことをこうやって言い合えるしね！

7月15日　田中へ
これからは、メールでもいいんじゃないかな？

7月15日　甲本へ
手書きの「ぶっ殺す」とメールの「ぶっ殺す」、どっちがすごい？
手書きでしょ？

7月15日　田中へ
手書きです!!
あぁ……日記やらなきゃよかった……。

7月19日　甲本へ
こないだ仕事で会った時に言いにくかった。
でも、隠すのは嫌だから言います。

実は、久々に川野さんから電話ありました。
今度、新しいクイズ番組をやるそうです。
そこでうちらに前説をやらないかって言ってきました。
『スクランブルエッグ』の芸人がたくさん出るそうです。
どうする……⁈

2冊目

7月25日　田中へ

やばい！　夏風邪をひいてしまった。紺野さんのバーで裸で寝ちまったからかな〜。
あ〜、最近、急に営業も減ってきたよな⁇
前は週に1本はあったけど、今月2本だぜ⁇
また給料減っちまうな！　本気でやばいよな？　また来月、携帯止まっちゃうよ！
事務所行って、社長がいたから言ってやったんだよ。営業増やせって！
そしたら、桃乃つぐみが俺たちのことあんま好きじゃない的なこと言うんだよ！
あいつ、超うざくね〜⁉　最近ちょっと売れてきたからって、ムカつくよな？
ムカつくから、あいつのAV見てヌイてやる‼
つうか、今月のギャラ3万って‼　どうする⁇

7月26日　甲本へ

桃乃つぐみに嫌われたのは、前につぐみさんと営業行った時に甲本が、AVの感想を本人に興奮気味に語ったからだと思います。

つぐみさんがあの時、苦笑いだったのに気付きませんでしたか？

多分、社長にチクって社長が腹たって、僕らの営業を減らしてるんだと思います。

甲本の自業自得。ギャラ3万、仕方ないです。

7月27日　田中へ

風邪がひどくなってたんだけど、朝起きたら、久美が風邪薬を置いといてくれたんだ。

久美、薬剤師だろ？　本当は病院に行かないともらえない薬を持ってきてくれるんだよ。バレたらやばいらしいんだけど。それ飲んだら、だいぶ体調よくなった。久美、すげー気が利くんだ。気が利く彼女は最高だな！

いつもは仕事終わったらそのままキャバクラに直行してんだけど、今日は俺が心配だからって、1回家に帰ってきて雑炊作ってくれたんだよ。

いいだろ？　でも、久美、料理得意じゃねえからさ、味が微妙なんだよな、これがまた。

薄味なんだよ、薄味。でも言えないよな！

風邪ひいた時に一番彼女のありがたみが分かるよ。お前も早く宇田川さんと付き合え！

7月28日　甲本へ

宇田川さんのこと、別にそういう風に思ってません。大きなお世話です。

あと、彼女の雑炊が薄味なのは、甲本が風邪だからじゃないですか？　っていうか、ここに彼女の料理が下手だとか書かないでください。彼女もかわいそうだし、そもそも、ここはコンビのことを書いていく日記だよね？　甲本の個人的なことを書かれても興味ないし、困ります。

7月29日　田中へ

コンビのことを書いてるだろ？　お互いのことをもっと分かり合うための日記だろ⁇　お前も俺に言いたいことがあったら、何でも書いていいんだぞ！

7月30日　甲本へ

だったら、うちの店で借りてる桃乃つぐみのAV、早く返してください。延滞料が5千円超えてます。あれは人気作です。

7月30日　田中へ

5千円⁇　……返してたことになんねえかな⁇

8月1日　甲本へ

勘弁してください‼　なんで僕の鞄に桃乃つぐみのAV入れるんですか⁉　ちゃんと店に返しに来てください‼

っていうか、いつの間に入れたんですか⁇

延滞料、立て替えないから‼

8月2日　田中へ

延滞料、頼む‼　今月、やばいんだって！

金融で借りようとしたらもう限度額一杯だってよ。シャレになんないよな。久美に金借りようとしたら、「私は朝から夜中まで働いてるんだから、あなたもバイトしなさいよ！」とか言って怒っちゃってさ。珍しいんだけどな、怒るの。

だから言ってやったんだよ！「芸人が売れないからってバイトにすがったら終わりなんだよ！」って。どう思う？

8月3日　甲本へ

僕、バイトしてるけど……。

甲本は彼女に気を遣ったほうがいいです。

昼は薬局で、夜はキャバクラで働いてるんだよね？　甲本と一緒に暮らしてたら、生活費もかかるだろうし、バイトくらいしたらどうかな？

バイトしてると色んな人と会うし、芸人としてもマイナスじゃないと思うけど。

8月4日　田中へ

売れないコンビがふたりしてせこせこバイトするのってよくなくない⁉

キャラの差別化っていうのも、あんだろ。

そんなことよりお前はどうだ？

宇田川さん。デート誘ったか⁉

お前がいない間にTSUTAYAに行って見たけど、だんだん可愛く見えてきたわ。

8月5日　甲本へ

なんだかんだ言って働くのが面倒くさいだけでしょ？　何？　キャラの差別化って。

あと、宇田川さんが今日、店長に相談してました。私のほう見てニヤニヤしてる客が最近ひとりいるって。完全にAV好きのストーカーだと思ってます。

二度とお店に来ないでください。

それと、甲本風邪ひいてるんだよね？　なのになんで、今日、営業の時にあんなに二日酔いだったんですか？

酒のせいでツッコミ、噛みまくりだったよね？

「なんでだよ！」ってツッコミ、「なんでだろ！」になってました。アレはひどすぎます。

しばらくお酒ぬいたらどうですか⁉

8月6日　田中へ

あの噛みは、わざとだろ。気付けよ！

あとな、俺は風邪の治りかけに酒飲むと一気に治るんだよ。お前も酒を覚えろ！

飲めば酒のよさが分かる！

そんなカリカリしてるお前にグッドニュース。

紺野さんのバーに最近、業界の人もよく来るんだけど、若いディレクターが来たんだよ。

川野さんと同じ局らしいけどな。その人が今度深夜の特番でネタ番組を作るらしくて、
紺野さんが俺らのこと売り込んでくれて、オーディション受けさせてくれることになったぞ。

超久々だよな〜。事務所が弱小すぎて、オーディションの話も来ないからどうしようって思ってたけど、助かった。

な？　飲むのはムダじゃないだろ⁇

俺が飲みに行ってなかったらこれもなかったんだぞ！　酒に感謝。

ネタ見せ、明後日15時から。大丈夫だよな⁇

8月7日　甲本へ

オーディションとか大事な用件は、この日記じゃなくて電話してくれませんか⁇

タイムラグができるわけだし。

あと、オーディションのネタ、「サイゼリヤ」にしようと思います。

8月8日　田中へ

今日のオーディション、かなり手ごたえあったよな？　受かったら久々のネタ番組だな。

他に来てたのが全員20代前半で、30オーバーは俺らだけだったから年齢的に無理かなと一瞬思ったけど、あのスタッフのハマり方を見てたら、結構キテる気がする。50組以上来てたらしいけど、「一番おもしろかった」的なこと言ってくれたし。やっと俺らにも運が回ってきたかもな‼

それにしてもBBのネタ、ひどかったよな〜。スタッフも全然笑ってなかったし。いくらイケメンだからっておもしろくなきゃダメだろー！

でも、ムカつくよな。福田。挨拶なしだぜ‼　絶対、目が合ってただろ。うちの事務所いた時に、俺1回、富士そばおごってやったことあんのによ！　まあ、ああいうおもしろくないやつらのことなど気にせずやっていこう。

あと、連絡の件だけど、電話で言うのは簡単だけど、せっかく日記やってんだから、これで報告していこうぜ。そのほうがこの日記1冊に俺たちの色んな気持ちが詰まっていくだろ⁇

だから、お前からもこの日記で俺を喜ばすような報告、くれよな。

8月10日　甲本へ

あんまり期待するのはやめよう。多分、オーディションにいたスタッフは、みんな僕らより若い人だったから気を遣ってたんだよ。

あとBBのネタ、冷静に見たらそんなに悪いわけじゃなかったと思います。

8月13日　田中へ

納得いかねえよ‼

やっぱ納得いかねえ！

なんで落ちたんだよ⁇　お前があんまり期待するなと言っても期待すんだろ。やっぱ年か？　おもしろくても年取ってたらダメか⁇

最近熟女ブームだぞ！　アイドルだって30過ぎてもキャーキャー言われてんのに、芸人が若くなきゃいけねえのか？　悔しいよ！　お前は悔しくねえの？

しかもBB受かったんだろ⁇　なんでだよ！　お前はあいつらのネタ、悪くなかったって書いてたけど、俺は1ミリもおもしろいと思わねえ‼

ネタのオーディションじゃねえの？　顔かよ！　顔のオーディションだったの？

あ〜、すげーやる気なくなった……。

8月14日　甲本へ

だから期待するのはやめようって言ったでしょ。あと、ひがみとか妬みをこの日記に書くのはやめませんか⁇

とにかく今、30越えた今、年齢を吹っ飛ばすくらいのおもしろいネタを作らなきゃダメなんだなと思います。

8月15日　田中へ

そうだな。お前の言うとおりだわ。年齢吹っ飛ばすくらいのおもしろいネタね。たまにはいいこと言うね〜。そこで、考えたんだ。俺たちイエローハーツには弱点がある。

それはギャグだ。

今まではギャグなんか必要ないと思ってきたけど、やっぱり違う。ギャグ1発がハマった時のブレイクはでかいもんな。

ただ、ギャグと言っても俺らは漫才師だから、ネタの中に誰もが真似したくなるようなフレーズとかツッコミが入ってるのがいいと思う。とくに子供たちが真似したくなるものは流行る。そういうの、考えてくれ！

8月16日　甲本へ

僕らはそういうの必要ないと思います。

そういうものがなくても売れてる人はたくさんいるし。それに「考えてくれ」と乱暴に言われても、そんな簡単に思いつきません。

8月16日　田中へ

FUJIWARAさんなんて、大阪でかなり売れてたのに、全てを捨てて東京来て、そんで毎日、夜に集まってギャグを100個考えてたらしいぞ。それが出てるだろ、今！　必要なんだって！

お前があまりノリ気じゃないなら、仕方ない。

俺がいくつか考えたので聞いて欲しい。

サイゼリヤのネタに入れるやつを考えた。

甲本「俺、パスタ好きなんだよね」

田中「パスタ食べるならカルボナーラ。食べた後には、鳴るオナーラ」

この「鳴るオナーラ」をお前がテンション高く何度も言う。ナイスアイディアだろ⁇

8月17日　甲本へ

絶対嫌です。

8月17日　田中へ

そうか、パスタが嫌ならハンバーグはどう⁇

甲本「やっぱりなんだかんだ言って、ハンバーグ好きなんだよね」

田中「そーっす、そーっす、デミグラスソーッス」

この「デミグラスソーッス」をお前がテンション高く何度も言う。かなり耳に残ると思うんだけど。子供も真似したくなるでしょ。

8月18日　甲本へ

絶対嫌です。

8月18日　田中へ

じゃあ、これは？

サイゼリヤと言えば、ミラノ風ドリアだろ？

だから、お前がサイゼリヤの新メニューを考えたって言って、色んなミラノ風を考えていくの。ミラノ風カレー……あたりから始まって……。

ミラノ風うどん、ミラノ風ざるそば、ミラノ風もんじゃ、ミラノ風おじや。ミラノ風おやじ、ミラノ風中尾彬、ミラノ風森田健作、ミラノ風美川憲一、ミラノ風キャバ嬢、ミラノ風カツラ、ミラノ風メキシカン……。

ミラノ風のボケを30個くらい重ねていって、そんで俺がツッコむと、それに対してお前が「そのツッコミもミラノ風⁇」とかぶせる。

どう⁇　いいだろ？

8月19日　甲本へ

嫌です。そして、無理です……。ミラノ風だけで30個以上ボケ続ける勇気がありません。

8月19日　田中へ

じゃあ、サイゼリヤのネタじゃなくて、居酒屋のネタのほうに入れてみる⁇　だとしたら、庄屋の「ジャンボメンチカツ」でなんか考えられない⁇　あれ、女子にも人気だし、ウケると思うんだよね〜。

8月19日　甲本へ

だから、そういう問題じゃなくて!!

ジャンボメンチカツがウケるっていう甲本の自信がどこから来るのか分からないけど。そもそもなんだけど、やっぱりギャグっぽいフレーズを無理くり入れるのは僕らしくないからやらないほうがいいと思います。

8月19日　田中へ

もう我慢の限界!!

お前は文句言うばっかりで何も考えないじゃないかよ。せっかく俺が一生懸命考えたのに。

お前もなんか考えろよ!!

流行るか流行らないか、ウケるかどうかなんてやってみなきゃ分からないだろ。

8月20日　甲本へ

今まで何度かネタのことで話し合おうと言っても、甲本、面倒くさがってたよね？

なのに急にギャグがいいとか言われても……。

そこまで言うなら、会って話し合おう。

僕らのネタを今後どういう方向にしていくか？

日記で言い合っててもキリがないでしょ⁇

これ読んだら電話で連絡ください！

甲本の大好きなサイゼリヤでやりますか？

8月22日　田中へ

今日、打ち合わせ飛ばしてごめんな。

ピンチだよ。まずい、まずいよ！

昨日の夜、久美のこと店の近くまで迎えに行ってさ。そしたら客に結構酒飲まされたらしくて。酔うとかわいいんだよな、あいつ。

たまにはホテル行こうとか言ってさ。入ったわけ。久美とラブホテル入るのなんて久々。そんで、一緒に風呂に入ろうってことになって裸になったらさ、なんとチンコの皮と亀頭の間に、髪の毛らしきものが挟まってたんだよ。

なんだ、これ？　と思って、その髪の毛引っ張ったらさ、長～い髪の毛が出てきたんだよ。

かなり茶髪の女の髪の毛。

久美、髪の毛、真っ黒！

いやー、参ったわ……。

誰の毛か？　お前だけに教えるぞ。

昨日の昼、井口が15分2500円の激安風俗があるって言うからさ、そこ行ったんだよ。そしたら、「アキナ」って茶髪の女が出てきてさ、明らかに40歳以上のおばちゃん。年いくつ？　って聞いたら、「23歳」とか言いやがって。23歳でアキナって名前付ける時点でおかしいだろって思うんだけどさ。普段芸人でツッコミやってんのに、そこで「ウソつけー！」ってツッコめないんだよ。

で、そのアキナの髪の毛が付いちゃってたんだな、俺の亀頭に。

久美が怖い顔でじっと睨むから、俺が笑いにしようと思って「神様からのプレゼントかな？」って言ってみたら、久美が「ふざけんな！」って俺にビンタして家に帰っちゃったんだよ。

あとで追いかけたら、内鍵かけられて入れてくんなくてさ、しかも窓から俺の荷物全部捨てられてさ。参ったよ。電話も出てくんないし。

メールが1通「別れよう」って。この日記だけポストから取って、今漫喫で書いてんだよ。

やばいよな……。

そんでお願いがあんだけどさ、ちょっと茶髪にしてくんねえかな？

久美にあの髪の毛の言い訳すんのに、お前の髪の毛だって言おうと思ってんだけど。

頼む!!

8月23日　甲本へ

嫌です！　それ、おかしいでしょ！

僕が茶髪にしたとして、その髪の毛が甲本に付くって、一体どんな関係なの!?

気持ち悪い!!

っていうか、そもそも甲本の浮気をごまかすために、なんで僕が茶髪にしないといけないんですか??

素直に白状して、謝るしかないと思います!!

8月24日　田中へ

昨日、紺野さんのバーに行ったらさ、なんとカンニング竹山さんがいたのよ。

いやー、テンション上がっちゃった。

紺野さんが、昔一緒に仕事してて知り合いだとか言ってたんだけど、絶対ウソだと思ってたら、本当だったんだよ！　後輩と三茶で飲んだ帰りに寄ったんだって。

挨拶しちゃったよ。っていうか、一緒に飲んだよ！

すげー酒飲むんだぞ、あの人。一緒に飲もうって言ってくれてさ、すげーいい人。

そんでさ、久美のこと相談したのよ。浮気の話。

そしたら、「絶対に弱気になったら負けだ」って言ってくれたよ！

1ミリでも弱気な自分を見せた時点で浮気認めたことになるからって。効果的なのは、やっぱり間に誰か入ってもらうことだって。

だから考えた！

やっぱり、お前、茶髪にして間に入ってくれ!!

8月25日　甲本へ

弱気になったら負け……??

こんなこと言うのもなんだけど、カンニング竹山さん、奥さんに浮気バレた時、ただただ土下座してしばらく奥さんのシモベになったってなんかで書いてあったよ。

……あと、間に入るの嫌だから。他の人に頼んでください。茶髪も。

8月27日　田中へ

ハハハハハハ！

久美が許してくれたぞ。お前の力なんか頼らずに許してくれた。

紺野さんがわざわざ俺と一緒に久美のところに行ってくれてな、ふたりきりで話してくれたぞ。さすが紺野さん。何を話したかは教えてくれなかったけどな。

紺野さん帰ったあと、久美が俺に言ってくれたよ。「今は99パーセント信じられないけど、1パーセントだけ信じてみる。好きだから」って。

名言だろ。あいつ、すげーわ、やっぱ。

なんかさ、それ聞いたら胸がキュンとしちゃってさ。

お前になんか頼らず仲直りできました！

お前が宇田川さんとどうなっても、俺、助けてやらねえからな。

俺からもお前に名言だ！

「仲直りは1回の情熱的なセックス！」

覚えておけよ！

8月28日　甲本へ

彼女の言葉はいいけど、甲本の言葉は最低です。彼女のこと、本当に大事にしたほうがいいと思います。あと、僕は宇田川さんとどうのこうのなる仲じゃないし、別に甲本に助けてもらいたくないから大丈夫です。

それからさ……。

川野さんがうちらを前説に誘ってくれた件。

断っていいんだよね？

2回目だからさ。

川野さんに返事する前に、甲本の気持ちをもう1度確認しようと思って。

8月29日　田中へ

前にも言ったろ？

やめよう！　時間の無駄。川野さんのこと恨んでるとかそういう以前の問題。番組見たんだよ。『恋するQピット』だっけ？

恋愛クイズ番組とか言ってて、全然おもしろくなかった。『スクランブルエッグ』のメンバーも全員出てたけど、先週から解答者でBBもレギュラーになってんだぞ。どの芸人も一言もおもしろいこと言ってなかった。

勘違いすんなよ！

嫉妬じゃないぞ。

あの番組、芸人が出る番組だと思わないし、そんな番組の前説がチャンスだとか言ってくる川野さんの気持ちが分からない。勉強にもチャンスにもならないって。

どう⁇　俺、間違ってる？

8月29日　甲本へ

断る前に、1つだけ確認したいことがある。

嫉妬じゃないって書いてたけど、本当？

本音を聞きたくて。

8月30日　田中へ

違うよ‼　ムカつくだけ。

8月31日　甲本へ

分かった。

9月1日　田中へ

田中だけに本心を言う。1回だけ言う。

そりゃ、嫉妬だよ。嫉妬。

悔しいよ。めちゃめちゃ悔しい！

『スクランブルエッグ』のメンバーが全員出てる番組の前説だぞ？

しかもBBまで出てるんだぞ？

どうやって顔合わせればいいの⁇

こないだオーディション受けた日あっただろ？

あの時、トイレで『スクランブルエッグ』のメンバーに会ったんだよ。ハイパーマンションの滝田と高田クリニックの山川。

すげー腰低くてさ。ちゃんと挨拶してくるんだよ。正直それに腹立ったんだ。どうせだったら偉そうにしてくれよって。文句言えねえじゃんって。

俺らが前説やったら、あいつらは俺らのところにもちゃんと挨拶にくる。先輩として、丁寧に気を遣ってくれるだろう。

本当はそれが辛い。つうか痛いわ。

前説をしている俺らに「おはようございます」って後輩が深々と挨拶しにくるだろ？

そうすると観覧の客が「え？　この人、先輩なの？　売れてないのに」って顔をするだろ。

苦しくねえ？

川野さんが俺らに言ってきたとはいえ、他のスタッフは当然、前説やってる俺たちのことを雑に扱う。でも、スタッフは『スクランブルエッグ』のメンバーには敬語で喋るだろう。

後輩たちはひと組ひとつずつの楽屋がある。

前説の俺たちには楽屋はない。

後輩たちにはスタイリストがついている。

俺たちはきったねえ私服。

後輩たちは堂々とスタジオにある弁当をみんなの前で食べる。

俺たちはどっかでなんかこそこそ食べている。

収録が終わって、後輩たちはスタッフにタクシーを呼んでもらって帰る。

俺たちはスタジオから電車で帰る。

後輩が気を遣って「一緒に乗っていきますか？」と言ってくるかもしれない。

そんなことされたら余計に辛い。本当は一緒に乗っていきたい。でもカッコ悪い。だから「大丈夫！　俺、近くに用があるから」とウソをつく。

苦しい。

辛い。

痛い。

哀しい。

本当は嫌いじゃなかった後輩が、なんか嫌いになっている自分がいる。多分、前説に行くたびに卑屈になっていく自分がいる。

だから嫌なんだ。

もちろん、前説行ったら、給料が今より全然よくなるのも分かるんだ。だけど……。

お前は辛くない？　どうしたらいい？

9月1日　甲本へ

分かった。ごめんね。こんなこと言わせて。

川野さんに断っておきます。

9月2日　田中へ

今からカンニング竹山さんとまた飲むことになったぞ。

大丈夫だ！　安心しろ！　飲み過ぎないから。

明日の営業、飛ばしたりしないから！

9月3日　甲本へ

なんで舞台袖でいきなりあんなこと言ったんですか？　川野さんに断っちゃったのに。

何があったんですか？　急に気が変わった理由、教えてくれなきゃ意味が分かりません。

9月3日　田中へ

昨日、紺野さんのバーで竹山さんに全部話したんだよ。そしたら言われちゃったよ。究極は、性格悪いスタッフから「このウンコ食ったらテレビのレギュラーあげる！」って言われたらどうするか？　だって。

最初は、なんだ？　その質問、と思ったけど……。

竹山さんはどうするんですか？　って聞いたら、「仕事がない時だったら多分食う。食うけど、食いながら笑わせてやる！　食ったあとに、食ったことで千回笑い取ってやる」って言ってた。

だから俺も思ったんだ。

ウンコ食ってやろうって。

前説の現場行って切ない気持ちになったら、その気持ちもその場で笑いにしてやろうって。

だから、やるわ！　ごめん。

田中も一緒にウンコ食おう!!

9月3日　甲本へ

川野さんが2回も誘ってくれたのに断るのは申し訳ないなって気持ちは大きかったけど、正直、甲本が断ってくれて安心している自分もいました。甲本が思ってたこと、自分でも思ってたから。

覚えてる？　高1の時に甲本とうちで『スーパーマリオ3』一緒にやってる時に、クリア直前で甲本がコードに足ひっかけて、電源抜けて消えちゃったの。あの時、甲本にかなりムカついたけど、もう1回やり直したら、焦りとかがなんかなくなって、すんなりクリアできたよね。

リセットするのも大事なんだよね。色んな気持ちを捨てられるから。

がんばろう。ウンコは食べないけど。

川野さんに電話しておきます。

9月5日　田中へ

今日、久美が休みで、デパートに行こうと言われた。何かと思ったら紳士服売り場に連れて行かれてさ、そんで、俺にスーツを買ってくれるんだと。

なんで？　って聞いたら、俺が前説で着ていくスーツを作るんだって。

前説のために新しいスーツを作るやつなんていねえだろって言ったら、「イエローハーツの新しい1歩になりそうだから」って。

5万もするスーツだぞ。

もっと安いやつでいいって言ったのに。

あいつ、バカだな……。

がんばるわ前説。でっかい笑い取ってやろうな。

9月6日　甲本へ

川野さんに電話したら、来週の収録から頼みたいって。

その時には最高のネタで笑わせて欲しいって。だからさ、「うざい同級生」のネタでいこう。あれが一番イケるよね？

あれをベースに前説的なネタにします。

9月7日　田中へ

前から「うざい同級生」について、話したいことがあったんだ。

あのネタ、もっとおもしろくするために変えたほうがいいかなと思う部分がある。

ネタの最初のほうで、お前が俺に顔近づけて「それにしてもお前、息臭いな～」というところ。あそこの流れ……、
田中「それにしてもお前、息臭いな～」

甲本「そうかな～」

田中「ほら、今の息が臭いんですけど……」

ってなっているところ、丸ごと削ったほうがよくないかな？　流れ的に余計かなって

思うし、正直、いまいちウケがよくないように思うんだけど、どうだろう？

9月8日　甲本へ

なんでですか？　あそこからあのネタがウケ始めるところじゃないかな？
しかも、あのネタは僕が甲本の色んなことをイジっていくわけだし、あそこがないとネタの導入が難しくないですか？

9月8日　田中へ

よし、分かった。お前はそう言うと思った。
もし、どうしてもネタの最初で俺の肉体的なことでイジりたいなら、俺の汗っかきの部分をもっとイジったらどうだろう？
田中「お前、どんだけ汗かくんだよ」
甲本「そうかな～」
田中「って言いながら、汗かきまくりじゃん」

9月9日　甲本へ

全然おもしろくない。口臭のほうがおもしろい。

9月9日　田中へ

そうか。分かった。
お前がおもしろくないと思うことを無理矢理やらせたくはないから、俺も大人になろう。
もし、俺の口臭ネタをやりたいなら、最後にこのツッコミを足すのは？
田中「それにしてもお前、息臭いな〜」
甲本「そうかな〜」
田中「臭い、臭い」
甲本「そんなこと言ったら俺が本当に息臭いみたいだろ」
最後のこのツッコミを足すほうが笑いやすくなると思うけど。

9月10日　甲本へ

だったらこれはどうですか？
田中「それにしてもお前、息臭いな〜」
甲本「そうかな〜」
田中「臭い、臭い」
甲本「そんなこと言ったら俺が本当に息臭いみたいだろ」
田中「ほら、今もかなりの悪臭」
これでボケが重ねられると思うけど。

9月10日　田中へ

じゃあ、これはどうかな？

田中「それにしてもお前、息臭いな〜」

甲本「そうかな〜」

田中「臭い、臭い」

甲本「そんなこと言ったら俺が本当に息臭いみたいだろ」

田中「ほら、今もかなりの悪臭」

甲本「嘘ばっかり言いやがって。訴えるぞ――！」

とツッコんで、次のネタに行く。このほうがテンポが出ると思わない？

どんなボケをするにしろ、最後に俺の口が臭いということをちゃんとツッコんで否定したほうがおもしろいと思うんだけど。

9月10日　甲本へ

否定しちゃったらおもしろくないでしょ？

というか、なんでそこまでこだわるのかな？

今までそんなにこだわったことないのに。

9月11日　田中へ

やっぱり口臭ネタ自体をカットしたほうがいいかなと思うわ。

9月11日　甲本へ

え!?　どういうことですか??

9月11日　田中へ

なぜ俺がそんなにこだわるか今日はぶっちゃけ教えます。

こんなマジメな話をするのはどうかと思うけど、世の中には口臭を気にしている人がたくさんいて、悩んでいる人も多いと思う。

とくにテレビの収録に来てる人なんて、劇場とか営業の客と違うからシャレの利かない客も多いでしょ？

だから、あの部分で笑えない人も結構いる気がするんだよな。少しでも笑えない人がいるなら、やるのはどうかなって思う自分が最近いる。俺たちも若いコンビじゃないし、大人のコンビにならないとな。

9月11日　甲本へ

本気でそんなこと思ってるんですか？

いまいち納得できないんですけど。

なぜなら、うちらにはハゲのことを散々バカにするネタがあるよね??

だったらあれもやめるってことですか？

9月11日　田中へ
ハゲのネタは大丈夫だと思う。

9月11日　甲本へ
ハゲがOKで口臭いのがダメ⁇
意味が分かりません。

9月11日　田中へ
ハゲは遺伝。口臭は自分のせい。
だからだ。

9月12日　甲本へ
だとしたら、ハゲのほうがダメでしょ‼
実は今日、後輩の井口からある話を聞きました。甲本、キミの話です。こないだ井口と甲本が合コンに行った時に、相手の女性の中のひとりがうちらのネタをライブで見たことがあって、その女性がキミに「甲本さんって本当に息臭いんですか？」って言ったらしいですね？　それに甲本がめちゃめちゃ本気で「そんなわけないだろ！」と言い訳してたという話を聞きました。
まさか！　まさか！

まさかとは思うけど、それが気になって口臭ネタが嫌になったとしたら……。
もう解散です。
まさか……とは思うけど。

9月12日　田中へ

まさか……。
合コンでネタのことを言われて、俺が本気で言い訳すると思うか？　しないって。
口臭ネタ、アリにしよう!!
……いよいよ前説の日、近づいてきたな。
たかが前説でもこんなに緊張するもんなんだな。

9月13日　甲本へ

当日朝、世田谷公園で軽くネタ合わせしてから行きましょう。前説用にだいぶ変えたので。
僕もなんだか緊張してきました。

9月14日　田中へ

納得いかねえよ!!
聞いてくれよ！　腹立つよ！

本当は今日、スーツできる予定だったんだよ。取りに行ったんだよ。そしたら向こうの手違いで、あと2日かかるって言うんだよ。かなり怒って、明日着るから間に合わせてくれって言ったけど、無理ですとか言いやがって。全額返しますとか言うけど、そういう問題じゃねえだろ！　久美がせっかく買ってくれたのによ。明日のために。電話で久美に伝えたら、一瞬寂しそうな雰囲気してたけど、「それはそのスーツを着ないでがんばって来い！」ってことなんだよって。

本当、あいついいこと言うわ。

だから、明日はいつものスーツで行くわ。

がんばろうな！　前説。客をガンガン笑わせてやろうな。収録終わって、帰りに客全員が、「今日一番おもしろかったの、前説のイエローハーツだったね」って言わせてやろうな。『スクランブルエッグ』のやつらと、BB、ビビらせてやろうな。川野さんに「やっぱ、こいつら『スクランブルエッグ』に入れておけばよかった」って思わせてやろうな。そんで、『恋するQピット』のレギュラー奪ってやろうぜ!!

9月15日　甲本へ
次回の前説ネタは、「携帯電話」に変えよう。
ネタ、前説用にちょっと作り直します。

9月17日　田中へ
やっぱ、やめよう。前説。
やってもあんま意味ないわ、あれ。

9月18日　甲本へ
どうしたの⁇　もしかしてあんまりウケなかったこと気にしてるんですか⁇
それなら大丈夫です。客は全員出演者のファンで若い子が多いから、いつも僕らがやってるネタではウケにくいだろうとは予想してたし。川野さんも、少しずつ合わせていけばいいからって言ってくれました。

9月19日　田中へ
なんで俺らがネタをあいつらに合わせなきゃいけないんだよ‼　あいつらが俺らに合わせろ‼　笑いの偏差値が低すぎる‼
やめよう！　意味なし‼

9月19日　甲本へ
やめる理由、教えてください！　そうしないと僕も川野さんに言えません！
ウケが悪かったからじゃないでしょ⁉

9月20日　田中へ
ムカついた。後輩たちの態度。

9月20日　甲本へ
みんな、ちゃんとしてたけど。

9月21日　田中へ
福田だよ‼　ＢＢの福田！　あいつの態度がムカついた。バカにしてたぞ！

9月21日　甲本へ
ちゃんと挨拶しにきてたでしょ？　もちろん前とは多少違うけど、挨拶はしにきたでしょ？　無視してたのは甲本でしょ？

9月22日　田中へ
あいつの目が俺たちを馬鹿にしてた。
「こいつら前説なんかやっちゃって」って。

9月22日　甲本へ
そんな目はしてません。完全に甲本の被害妄想です。甲本が言うほど、福田は天狗になってないと思います。

9月23日　田中へ

あいつ、俺たち見て、ニヤニヤしてた。バカにしてんだ。

9月23日　甲本へ

あれはニヤニヤじゃなくて、笑顔です。

9月24日　田中へ

あいつのTシャツが馬鹿にしてた。外人が中指立ててた。

9月24日　甲本へ

それは福田のせいじゃないです！　本当はＡＤでしょ？　ネタ終わりにＡＤが言ってきた言葉……。僕にも聞こえてました。

9月26日　田中へ
納得いかねえよ！
あのクソAD。
「キミのツッコミ、BBの福田に似てるね」って。
似てるのはあいつだろ‼　俺じゃねえよ‼
あいつが俺のツッコミを真似してんだよ‼
なんで俺が後輩のツッコミの真似すんだよ‼
ふざけんなよ‼
ふざけんなよ‼
ふざけろ‼
ぶん殴ってやろうかと思った‼
あんなアホなADがいるところでやりたくない‼

9月27日　甲本へ
僕だってあの言葉は寂しかった。
でもそれが現実。

9月28日　田中へ
厳しすぎるだろ、現実‼

もっと優しくしろよ、現実！

あんなクソADがいる現場で、がんばれるかよ！

9月29日　甲本へ

BBがもっと売れちゃったら、あのADさんだけじゃないよ。どこでネタをやっても、甲本のツッコミが福田の真似だって言われちゃう。

だから今、がんばるしかないよ。

コンパに行っても言われちゃうよ！　BBの福田に似てるねって。

9月29日　田中へ

やる！　やっぱやる!!

コンパで言われるのは嫌だ！　がんばる！

決めた。最初のターゲットは客じゃない！　あのADだ！　あのAD、俺らのネタで腹抱えて笑わせてやる!!　イエローハーツっておもしろいねって、あのADに最初に言わせてやる!!

だから前説、やる!!　久美のスーツもあるしな。

9月30日　甲本へ

今日、中山社長から久々に電話かかってきて言われました。

漫才もコントも全て含めてネタが一番おもしろい人を決定するコンテスト「笑軍（しょうぐんって読むらしいぞ）天下一決定戦」ってのがあるらしい。

色んなテレビ局が合同で開催するらしく、これで優勝すればテレビのレギュラーも保障されているんだって。漫才で勝負してる僕らにとっては、もうM‐1グランプリには出られないことが一番痛手だったけど、これはチャンスになるかもしれない。

こういうこと言うのは僕には似合わないけど、これに賭けたい！

コンテストは平等だから。

サンドウィッチマンも、あんな小さい事務所なのにM‐1で優勝して人生変わったように、みんなにチャンスはあるから。

出るよね??

10月1日　田中へ
笑軍天下一決定戦？　なんかダセー。
M‐1あって、R‐1あって、キングオブコントもあるのに、またコンテスト？
出たくない。今回はやめておこう。

10月2日　甲本へ
なんで？　どうしたの？
甲本らしくないよ。

M-1の時は甲本がノリノリで、どっちかって言うと僕のほうが消極的だったのに……。

僕らみたいな小さな事務所の芸人にとっては、チャンスだと思います。

出るよね⁇

10月3日　田中へ

出たって勝てないでしょ‼

無理、無理。

10月4日　甲本へ

前にM-1に出た時、弱気になってた僕に、甲本言ってくれたよね？

勝てないと思ったらなんだって勝てないって。

10月5日　田中へ

昨日、紺野さんから聞いた。笑軍天下一決定戦のこと。お前にとってはショックかもしれないけど、このコンテストは、BBを優勝させて一気に売り出すためのものだと聞いたぞ。

またBBかよ‼　福田かよ‼

テレビ局と事務所が裏で手握ってるって！

ほらね。嫌な予感したんだよ。最初から勝つコンビは決まってるんだ。だからやめよう。

10月5日　甲本へ

ただの噂だと思います。それ。
いくら会社が売り出すコンビと言っても、予選からずっと、ネタをするのは客がいる劇場だよね？　そういうコンテストであからさまに誰かを勝たせても、ウケてなかったら客にバレるから絶対そんなことしないと思います。というか、できないと思います。

10月6日　田中へ

客を全員仕込んでたら、ＢＢのネタで笑うだろ!!
悪い大人ができないことなんかないんだよ！

10月6日　甲本へ

さすがに客は全員仕込まないと思います。
どうしたの？　甲本らしくない。

10月7日　田中へ

そんなくだらないコンテストに出るくらいなら、単独ライブやろうぜ。久々にさ。
おもしろいネタを考える。

おもしろいライブをたくさんの人に見てもらう。
それがコンテストなんかに出るよりも、売れる一番の方法なんじゃないの？

10月7日　甲本へ

単独ライブ、やりたいけれど、今はできないの分かってるでしょ？
チケットも売れないし。やっても全部手売り。
2年前にやった時なんて客席全員知り合いだったよね⁇
あれじゃあ、意味がないと思います。

10月8日　田中へ

じゃあ、俺、竹山さんに頼むからサンミュージックのライブとかに出させてもらおうぜ！
そうだ！　それがいい！

10月8日　甲本へ

まさかとは思うけど……。
コンテストに出るの、怖いんですか⁇

10月8日　田中へ
ふざけんなよ‼
怖いはずないだろ！

10月8日　甲本へ
僕、分かるんだよね。
甲本って僕にウソついてる時、楽屋でフリスク食べる数が多くなるんだよ。
知ってた？　今日、営業の楽屋で、フリスクめちゃめちゃ食べてたよ。

10月9日　田中へ
怖くない。
ウソついてない。
フリスク関係ない。

10月9日　甲本へ
じゃあなんでそんなに嫌がるの？
やっぱり怖いんでしょ？

10月9日　田中へ
怖くはないって。
しつこいぞ!!

10月9日　甲本へ
やっぱり、怖いんだ……。

10月9日　田中へ
だから怖くないって。

10月9日　甲本へ
本当は怖いんだよね……。

10月9日　田中へ
いい加減にしろよ！　しつけえって!!
怖くはないって言ってんの。
つうか、日記がもったいないだろ！
もっと別のことを書け!!

10月9日　甲本へ

じゃあ、ストレートに聞きます。

もしかして2年前のM‐1の準決勝のこと、まだ気にしてる？

10月11日　田中へ

気にしてねえよ‼

10月12日　甲本へ

気にしてるんだね。

あの時、負けたのは甲本のせいじゃないです。

甲本はずっと自分のせいだと思ってるみたいだけど、そんなことない。

確かにあの時、甲本はツッコミで2回噛んだ。

でも、あの緊張の中で噛むことなんか珍しいことじゃないよ。

甲本の噛みのせいでの減点じゃない。

準決勝でのネタのチョイスを僕が間違えたのが一番のミスだった。

甲本は「サイゼリヤ」のネタがいいって言ったのに、僕が「うざい同級生」で行こうって言ったから。僕のミスです。ボケ数の多い、サイゼリヤにしておけばよかったのに。

10月13日　田中へ

俺のせいだろ‼　慰めるのやめろよ！

明らかに俺のせいだって。俺がミスってなかったら、絶対、本選行けてた。あの時のお前は最高のコンディションだったのに。

あれから正直、すげープレッシャーかかると噛む癖、あるんだ。分かるだろ⁇

こないだの前説の時もそうだった……。

10月14日　甲本へ

そんなに怖がることないと思います。

考えてみてください。

僕らが仮に負けても、これ以上失うものなんかないでしょ？　負けて甲本の借金が増えるわけじゃないんだから。

他のコンテストは芸歴がひっかかって出られない僕らにとっては、このコンテストは最後のチャンスかもしれない。

だから出よう……。

10月15日　田中へ

失うものがない？

あるだろ‼　若い時のように、コンテストに気軽に出て「あ〜、今回はダメだったね」

なんて軽くは割り切れないだろ？

10月16日　甲本へ

どうしたの？

どっちかって言うと、割り切って行けるタイプ、甲本だったでしょ⁉

10月17日　田中へ

お前は、「最後のチャンス」って書いたよな？

最後のチャンスって意味分かってるか⁉

確かにそうだよ。これに出たらそうなんだよ。最後のチャンスなんだよ。だけど、その最後のチャンスにチャレンジしてダメだったらどうする？

どうすんの？

少なくとも俺は、更に自信がなくなる。

自信がなくなったら、芸人やめなきゃいけないんじゃないかって思う。

芸人、やめたくねえよ。

芸人……ってすごい仕事だよな。売れてなくて借金が膨らんでいっても、「芸人やってます」ってことで安心できる。それでOKにしてる自分がいる。芸人だからいつかは売れるんだ……って言ってることに安心してる。無職の人も、仕事がない芸人も同じなのに、芸人って名乗るだけで、みんな夢への切符を持ってるって思い込ませてる。

芸人は始める時もやめる時も自分次第だろ？

紺野さん、芸人やめる時、言ってたんだよ。「占い師に、『夢を諦めるのも才能だ！』って言われたんだ。だからやめるわ。芸人の才能はなかったけど、やめる才能くらい持っていたいから」って。

それ言われてから、ずっと気持ちの中にその言葉が隠れてんだ。

才能がないって気付くのが怖い。気付いてるのに気付かないフリしてる。

もしコンテストに出て負けたらさ……気付かざるを得ないんだよ、この年でさ……。

10月18日　甲本へ

だからです。だから動くしかないんだと思います。変わるしかないんだと思います。

この不安を自信に変えるしかないんだと思います。動かなきゃ景色は変わらないから。

甲本が、噛むのが怖いなら、もっともっとネタ合わせしよう。何時間でもやるから。

10月19日　田中へ

いいこと言うね。たまには。ちょっとうざいけど。でも、分かった。出るよ。

いや、やっぱ……出たいわ。

変わりたいか変わりたくないかって言ったら変わりたいんだもんな、俺。

中学の時の先生がさ、「やろうと思ってる人は一杯いて、それを実行に移す人はほんの一握りなんです。『やろうと思ってた』と『やる』の間には実は大きな川が流れているんですよ」って言いやがってさ。

当時、うぜーなーと思って聞いてたけど、今なら分かる。やろうと思ってた……って誰でも言えるんだもんな。

俺、芸人ですって名乗ってるだけだもんな。

このままじゃ、芸人やってるくせに、実際にはな〜んもやってなくて、「やろうと思ってる芸人」になっちまうもんな。

だから出る。笑軍天下一決定戦‼

そんでもし決勝出たらテレビで言ってやんだ！「BBの福田は俺の真似です‼」ってな。

10月20日　甲本へ

変わろうね。変えようね。

10月21日　田中へ

笑軍に出なきゃいけないもうひとつの理由ができたわ。

がむしゃらになんなきゃいけない理由。

情熱的なセックスの時だな……。

久美が妊娠した。

3冊目

10月25日　甲本へ

今日、事務所に行って笑軍天下一決定戦の申し込みをしてきた。

予選1回戦は1月10日から始まる。

決勝に出られるのは10組プラス当日の敗者復活戦で上がった人を入れて11組。

今のところ全国から１２００組の応募があるらしい。中には素人も多いらしいけど。

1回戦から3回戦の予選のネタ時間は2分間。全国4ヶ所でやるらしくて、うちらは関東地区になる。

4回戦が準決勝になるらしいんだけど、その準決勝に出られるのはたった20組。だから3回戦がかなりポイントになるね！

準決勝は1ヶ所に集まって、対戦方式でやるらしい。くじで対戦相手を決めて、勝ったほうだけが決勝に出られる。

ここで誰と当たるかがでかいなぁ(この準決勝はネットでは中継するらしい)。

準決勝を勝ち抜けば、いよいよ決勝。もちろんゴールデンタイムで放送になる。かなり注目度が高い大会だから、優勝目指すのは当たり前だけど、ファイナリストの10組に入るだけでも大きいと思う。ここに残った10組でレギュラー番組を作るなんて計画もあるらしいし。

そして優勝賞金は2千万円！

申し込み用紙を書いてる時、なんか手が震えちゃった。

正直、うちらになんか誰も期待してないし、注目してないと思う。でも昨日、川野さんに電話で報告したんだ。出ることにしましたって。

川野さんは、今までのネタでもいいけど、ちょっと違う色を1個見つけることができればハネる可能性があるって言ってくれた。

だからなんとかして、今までのイエローハーツのネタを少し進化させたネタを予選までに作り上げたい！

おもしろければ勝てるって信じようね。

がんばろう!!

10月26日　田中へ

昨日、紺野さんのバーに桃乃つぐみが来てやがったんだよ。俺らが笑軍に出ることも知ってて、上から目線で言うんだよ。「最後だと思ってがんばってみたらいいじゃん」って。

なんでテメェに言われなきゃいけないんだよ！

しかも社長も本心では、俺らが笑軍に出てダメだったら芸人としての諦めがつくだろうと思ってるって言うんだよ。「社長の優しさだよ〜」とか適当なこと言いやがって。いくら俺らが売れてなくても、絶対、社長はそんなこと思ってないよな！

腹立ちすぎて、酔った勢いで言ってやったんだよ！「二度とお前のAVでヌかないからな!!」って。

本当、ムカつくわ――！

爆発的におもしろい新ネタ作って、絶対優勝してやろうな!!

10月27日　甲本へ
つぐみさんの言うことなんか気にせずがんばろう。
社長は応援してくれてるよ。こないだも「お前らには才能があるって信じてる」って言ってくれたし。
それで、明後日の前説のネタ、前に営業用に作った「ダンディー」をさらにテンポ上げて作り直してみたから、早めに入ってネタ合わせしよう。

10月29日　田中へ
やったな！
超ウケたな！
お前の作戦通りだったな！

今までより1・5倍くらい速いテンポだったけど、見事に噛まなかったろ？　お前のボケの味が死ぬかもって心配してたんだけど、あれくらいテンポを上げてボケ数を多く入れると、逆に分かりやすくなってウケるもんなんだな。

これで見えたぞ！

今までの俺らのネタもあのテンポで作り変えていけばいいんだもんな。

笑軍天下一決定戦、絶対決勝行こう。

つうか、行ける！

帰りにＡＤの渋川ってやつが電話番号聞いてきただろ？　「今度、飯でも行こう」って。

ザマ見ろだな！

俺らのことを認めたってことだ。

まあ、あれだけ前説でウケれば、「こいつら来るかも」って思うだろ。先にツバをつけておきたいってことだもんな。

終わった後に俺らを見る時の目が違ったもんな‼

いやー、気持ちよかった。

問題はＢＢだよ！

あいつら今日の本番もスベってたよな。登場の時だけは沸いてたけど……。

あいつらが顔だけだって証拠だな！

実は俺らの前説前に、ＢＢのマネージャーの篠田ってやつが俺に近づいてきて、「笑軍天下一決定戦はＢＢが絶対優勝ですわ！　イエローハーツさんもがんばってください」ってニヤニヤしながら言ってきたんだよ。頭に来たから「準決勝で俺らに当たらないといいな！」って言ってやったぞ！

タメ口でな‼

篠田って野郎、うちらの前説のウケ方見てからは一切目も合わせなくなったけどな。

BB、あれじゃあ笑軍に出ても予選で絶対落ちるぞ！

川野さんも本当は嫌だろうな〜！　自分が番組で使ってる芸人が予選落ちして、前説やってる俺らが決勝出たら‼

あ、今日、前説前にトイレの前でベッキーとすれ違った。超かわいいな。イメージ通り。

ベッキーに会ったからウケたのかも？　幸運のベッキー⁇

トイレ出てから川合俊一も見た。

本当にでかいんだな。

10月30日　甲本へ

ひとつ相談があります。

スピードアップバージョンのネタを、営業でも前説でもなく、どこかのライブの客前とかでやりたい。前説や営業だと場を温める時間もあって、純粋にネタ自体への客の反応が分かりづらいから。

それでさ、甲本からカンニング竹山さんに頼めないかな？　サンミュージックとかどこか知り合いのライブに出れるようなところはないかって。

こんなことお願いするのは図々しいって分かってるけど、今はチャンスを掴まないといけないから。
でも、無理はしないでほしい。

11月1日　田中へ

竹山さんに感謝だな。
あと紺野さんにもな。紺野さんに御礼の電話しといてな！
どうだ？　ただ飲んでるだけだと思ったら大間違いだろ⁇
会場のキャパは１２０人らしいからちょうどいいかも。
明日俺らがウケないと竹山さんにも恥かかせることになるから、がんばらないとな。
あのネタは前説でウケてたし、大丈夫だと思うけど！
ここで弾みをつけて、予選まで突っ走ろうぜ‼

11月2日　甲本へ

竹山さんに申し訳ないことしちゃったね……。
謝りに行きたい。

11月3日　田中へ

何言ってんだよ。

竹山さんなら大丈夫だよ！

別にスベったわけじゃないし、そこそこはウケてたろ？

客の年齢層が若かったっていうのもあるぞ！　大丈夫だって！

久々のライブの客前だったから緊張したんだって！

11月4日　甲本へ

緊張だけじゃないよ。やっぱり前説や営業とは空気が違う。

今のままのネタを笑軍でやってもダメだね。

最後の10組に残るには、爆発的な笑いを起こさなきゃいけない。

あんなレベルじゃ全然ダメ。

実はこないだの前説終わった後に川野さんに言われてたんだ。「今までより今日はウケてたけど、笑軍で勝つにはネタにキャッチーさが必要だ」って。

うちらのことを知らなくても、全然期待してなくても、たった2分の中で惹き付けることのできる力。

何かネタの中にキャッチーさがないと、ダメなんだ。

考えなきゃ。

11月5日　田中へ

やっぱり竹山さんは全然気にしてなかった。また次のライブでも呼んでくれるって。

感謝だな。

あとさ、川野さんのアドバイス聞くのはいいけど、あまり信じないほうがいいぞ。

川野さんにとって一番大事なのは、BBとか、自分の番組に出てるやつらなんだからな。

でもお前が言うように、確かにキャッチーさは必要。

そこで考えたんだ。

ギャグだな。

やっぱり!!

11月6日　甲本へ

ギャグはいいから!

そういうことじゃなくて、ネタの中でのキャッチーさが必要だと思う。

パッケージというか。

漫才自体が1個企画になってるような何かが。

僕も考えるけど、甲本も何かアイディアあったらここに書いてほしい。

11月7日　田中へ

なるほどな!

お前の言ってること分かったわ。

例えば、ネタ中にボケとツッコミが入れ替わっていくとかどう?

11月8日　甲本へ

それ、笑い飯さんがやってるから！

笑い飯さんで言うと、入れ替わるネタを作ったこともすごいけど、毎年M－1の決勝に出ていながら、2009年の大会で「鳥人」ってネタ1個で見え方がまたすごく変わったことだと思う。

やっぱり、1個何か見つければ、イエローハーツもはじけ方が変わると思うんだ。

なんとか見つけたい。

あと、大きなお世話かもしれないけど、紺野さんに金借りたって聞きました。

返せるの？

なんでここでまた借金増やすの⁇

11月9日　田中へ

井口のアホだろ、それ言ったの。

俺だって借金増やしたくて増やすわけじゃない。パチンコだって全然行ってないし。

こないだ久美が産婦人科行くって言うから、検診について行ったんだよ。

そしたら「お父様ですか？」とか言われて、「はい」って言っちゃってさ。

そこで、エコー検査って知ってるか？　見せられたわけ。

動いてんだよ。小さいけど。まだ男か女か分からないんだけど。

今度写真、見せるけどさ。

それ見たら、久美を夜の仕事に行かせるの嫌だなって思って。やめさせたんだ。

久美は「大丈夫だよ」って言ってたんだけど、お腹の子になんかあったら嫌だから。

久美の夜の分が減って、結構でかいんだ。だから紺野さんに借りた。

仕方ない。

久美には、借金したって言うと心配するから、『恋Q』の前説のギャラが結構入ったってことにしてる。

どうでもいいけどさ、今ここに書いた「仕方ない」って言葉。

なんか寂しいな。

売れてる人は「仕方ない」って言葉、あんま使わないのかな。

11月10日　甲本へ

僕もひとつ報告しておきます。

実は、昨日、TSUTAYAのバイトをやめてきました。

これからネタ作りやらネタ合わせやらで、バイトのシフトに迷惑かけるかなって思って。

日雇いでバイトしたほうがいいかもって思ったから。

店長がやめる理由を聞いてきた時に、全部話したんだ。

今まで芸人やってることも隠してたし、なんか、それを言うことが恥ずかしいなって思ってる自分がいて。

そしたらさ、知ってたんだ。芸人やってたこと。お店にお笑い好きな子がいて、その子が『新しい風』の時からイエローハーツのこと知ってたんだって。

でも僕が自分から言わないから、みんなも聞かないほうがいいのかなって気を遣ってくれてたんだって。

みんな、内心ずっと応援してくれてたらしいんだ。

店長にさ、「やめてもいいよ。絶対戻ってくるなよ」って言われた。厳しい言葉に聞こえるけど、違うんだ。もし笑軍の決勝出られたら、忙しくなって戻って来れなくなるでしょ？　だから「それを望んでる」って。

でも、負けて、暇になったらまた戻って来いって。そんでここで、また夢見ればいいからって。

東京にはそういう人が沢山いて、それを応援してるんだって。

こういう人がいてくれるから負けられない……。

絶対決勝には出たい！

11月11日　田中へ
いい店長だな！
泣きそうになったぞ。
よし！　将来俺らが売れたら、『ウチくる!?』に出て、「ここでバイトしてました」とか言って、店に行って店長のことほめてやろうな！

そのために笑軍で勝つしかないな！
あと、やめるのはいいけど、宇田川さんにはお前の気持ち、ちゃんと伝えたのか⁇
言ってないなら手伝ってやろうか⁇

11月12日　甲本へ

宇田川さん。
麻衣子って言うんだけど。
実は付き合ってんだ。
5月から。
ごめんね、隠してて。
甲本、1回僕のいない時に店に来て、麻衣子にメアド渡したんだってね（笑）。

11月12日　田中へ

付き合ってた⁉︎　5月⁇
相方にウソつくなよ――‼
早く言えよ――！
メアド渡したのは、お前が好きとかじゃないって言ったからだぞ。
おかしいと思ったんだ。メアド渡す時、なんかニヤニヤしてるな〜って思ってたんだ。
喜んでるのかと思ったじゃねえかよ。

恥ずかしぃー、俺！

11月13日　甲本へ

恥ずかしがらなくていいよ。

甲本はそういう最低な男だって、僕がずっと言ってるから（笑）。

笑軍まで時間なくなってきたね。

ネタ、ずっと考えてるんだけど思い付かない。

なんかキーワードでもいいからもらえると嬉しいです。

11月14日　田中へ

今日は、すごく大事な提案をしたいと思う。

もちろんネタも大事だけど、その前に決めておきたいことがある。

コンビ名だ。

イエローハーツというコンビ名、俺は好きだ。

だけど前々から気になっていたことがある。売れてる先輩の名前には、みんな「ん」が付く法則があるのは知ってるよな？

とんねるずさん、ダウンタウンさん、爆笑問題さん、ナインティナインさん。

だから思い切って、コンビ名を変えてみるってのはどう⁇

11月15日　甲本へ

嫌です。

そんなことよりネタのことを考えよう。

売れてる人でも、「ん」付いてない人いるでしょ。

さまぁ〜ずさんとかくりぃむしちゅーさんとか。

11月15日　田中へ

そんなことって、大事なことだろ。

俺らのコンビ名は「ん」が付いてないだけじゃない。もう1個弱点がある。

コンビ名を略せない。

売れてる人はみんな、4文字で略せるか、もともと4文字で呼べるコンビ名だったりする。

ナイナイ、タカトシ、バクモン、さまぁ〜ず、くりぃむ、ブラマヨ。

俺ら、言えないだろ？

イエハーって誰かに呼ばれたことあるか？　ないだろ？

こないだ『恋Q』の前説の時に、客のひとりが「イエローハーツって名前、ブルーハーツのパクリでしょ？」とか言ってたぞ。

この際、変えたほうがいいと思う。

いや、変えよう！

運気を呼び込もう！

11月16日　甲本へ

コンビ名はいいから！

ネタのことを考えよう。

それに、イエローハーツって、そもそも甲本が付けたコンビ名だよね？

11月16日　田中へ

違うよ！

お前とファミレスで名前出し合って、考えたんだろ‼

ネタも大事だけど、名前だって大事だ。

コンビ名、ナメんなよ‼

11月17日　甲本へ

じゃあ言わせてもらうけど。

覚えてる？

あの時ファミレスで、お互いコンビ名に入れたい単語をひとつずつ書き出して、それを足してコンビ名にしようって話したの。

甲本が出した言葉が「ジャンキー」だったよね。

僕が出した言葉が「パンダ」。

それで「ジャンキーパンダ」にしようって決めたよね？

売れたら「ジャンパン」って略せるな！　って言ってたよね。

「ん」も入ってるし、いいね！　って言ってたよね？

なのに次の日、「なんか名前に華がない」って甲本が言い出して、「イエローハーツにしよう」って勝手に決めたよね？

お笑い界のブルーハーツ目指してイエローハーツ。自分の苗字が甲本ヒロトと同じだからそれにしたいって。

僕はブルーハーツに関係ないけどって言ったら、「この名前が天から降りてきた」って、甲本は全然引かなかったよね？

仕方ないって思って、それに決めて11年間もやってきたのに、いまさら何言ってるのかな？

11月17日　田中へ
じゃあ、こうしよう。
「ジャンキーパンダ」にしよう。
ただ、それだけだと寂しいから「ジャンキーパンダ48」とかどう??
略せるし、「ん」も入ってるし、最後の「48」で今っぽくなるでしょ？

11月18日　甲本へ

嫌です。
絶対嫌です。
なんでAKB48に影響されなきゃいけないの⁇
目立つっていうか、哀しい。
ジャンキーパンダにはしません。
イエローハーツでいいです。
コンビ名はいいから、ネタを考えようって。

11月18日　田中へ

だとしたらイエローハーツに、「ん」だけ入れない？
候補①「イエロンハーツ」
候補②「イエンロハーツ」
候補③「イエローハンツ」
どれがいい？
俺的には、①と②は覚えにくいし、言いにくいから、③がいいと思う。
イエハンって略せるし。モンハンみたいでよくない？

11月19日　甲本へ

全部嫌です。

③だって、十分覚えにくいし、言いにくいです。

コンビ名のことで、この日記を何ページも使ってるのもったいないです。

いい加減にしてください。

略せなくたって、「ん」が付いてなくたって、売れたら自然に呼ばれるようになるし、そもそも、笑軍に登録しちゃってるから、名前、変えられません！

とにかく、ネタについて考えよう。

僕らのネタに欠けてるキャッチーさを。

他のコンビにないものを。

11月20日　田中へ

なんだよ、変えられないなら早く言ってくれよ！

仕方ない。

イエローハーツのままでいこう。

だったら、田中が言ってるキャッチーさについて思うことがある。

ここでも前に書いたけど、やっぱり俺達はキャラが普通すぎる。

俺達のことを知らない人の前に出て行って、しかもコンテストのようなバトルとなると、キャラの強さはかなりの武器になるよな？

実際、南海キャンディーズが初めてM‐1出た時の、あのキャラの強さの衝撃ってすごかっただろ？

だから、改めてキャラについて考えたほうがいいかも。

俺と田中が並んだ時、つかみどころがなさすぎる。

11月21日　甲本へ
キャラのキャッチーさの前に、ネタのキャッチーさが必要なんです。
おもしろいネタを考えればそれがキャラになるから大丈夫だって！
だからキャラから入るんじゃなくてネタから考えよう。

11月22日　田中へ
キャラのキャッチーさも大事だって！

昨日、井口と色々分析してみたんだ。

どんなキャラがキャッチーか。

まずベタなのはカッコいいやつとブサイク。チュートリアルさんなんかこれに近い。

あとは、ナイナイさんみたいに片方が小さい。ホンジャマカさんみたいに痩せてる人とデブ。

つまりギャップだ。

俺らには何のギャップもない。

顔も普通だし。

とりあえず簡単にできる方法として、思い切って、今から俺が太るのもありじゃないかって話しになったんだけど、どう？

11月23日　甲本へ

今からじゃ間に合わないから。

あと、井口とうちらの分析すんのやめてください！　後輩でしょ⁉

11月23日　田中へ

間に合うよ！　がんばれば5キロはいけるって！

11月24日　甲本へ

5キロ太ったって、ちょっとメタボな30代になるだけだから。キャラになんかならないから。

っていうか、キャラとかの前にネタを考えよう。

そして、噛み癖、今日のはひどかった。

ひどすぎる！

甲本がもうちょいネタのスピード上げよう！　って言うからやってみたら、7回も噛んでた。

緊張して噛んでるなら仕方ないと思うけど、明らかに朝まで飲んでたからでしょ。

11月24日　田中へ

7回じゃないぞ！

8回だ！

ウィスキーを飲んだからだ。焼酎だったら大丈夫！　もう噛まないって。

そして今日も大切な提案だ。

ギャップが大事だと言ったが、また井口と話してひとつ気付いた。

ギャップコンビじゃないのもいるなと。

両方キャラが強い人。

例えば、アンガールズさんみたいに両方ノッポもいるだろ。

ブラマヨさんなんかは、小杉さんが以前は結構な男前キャラだったけど、ハゲて、お互いに強いキャラができたパターンだ。

Wコンプレックスだぞ。これは強い！

だから、俺らも思い切ってWでキャラをつけたほうがいいと思う。

ただ、Wでキャラつけるのもなかなか大変だ。そこで、一番簡単にWでキャラをつける方法を考えた。

Wでメガネかけるってどう⁇

11月25日　甲本へ
おぎやはぎさんがいるでしょ。

11月25日　田中へ
そうだな！　確かにそうだ。
だったらWでサングラスはどう？
これはいないだろ。

11月26日　甲本へ
おかしいでしょ!!　ふたりでサングラスって！
あぶない刑事じゃないんだから。

11月26日　田中へ
そうか。古く見えるのもよくないな。
じゃあ、Wサングラスは活かしで、坊主にするってどう??
おしゃれな坊主な。

11月27日　甲本へ
EXILEのATSUSHI意識してるんですか？

しかもATSUSHIがふたりっておかしいでしょ！

11月27日　田中へ
じゃあ、サングラス活かしでなんかない⁇

11月28日　甲本へ
そもそも舞台でサングラスかけてたら目が見えないし、表情伝えにくいってことに気付きませんか？
キャラはいいから、ネタのアイディアをください！

11月28日　田中へ
じゃあ、Wでリーゼントは⁇
スーツでリーゼント！
キャラ立ちするだろ！

11月29日　甲本へ
ふたりで竹内力みたいになっちゃうでしょ。

11月29日　田中へ
じゃあ、Wリーゼントは活かしで、スーツをやめて制服にするのは？
これはキャラ、強いよ！

11月30日　甲本へ
ビーバップじゃないんだから。

11月30日　田中へ
じゃあ、Wリーゼントは活かしで、革ジャンに特攻服は？

12月1日　甲本へ
横浜銀蝿になっちゃうでしょ！
ネタを先に考えようって‼

12月1日　田中へ
じゃあ、Wリーゼントは活かしで、なんかない⁇

12月2日　甲本へ
なぜリーゼントにこだわるの⁇

もうキャラはいいから！

12月2日　田中へ
キャラ大事だって言ってんの！
じゃあ、コスプレっぽいのは⁇
アニメものとか強くない？
ガンダムとか。

12月3日　甲本へ
若井おさむさんがいるから。

12月3日　田中へ
そうか。みんな、色々キャラ作ってるな〜！
じゃあ、ダースベイダーってどう⁇

12月4日　甲本へ
顔見えないの、分かってる？

12月4日　田中へ
バカにすんな！
メットは被らないダースベイダーだよ。

12月5日　甲本へ
それじゃあ、マント着た黒ずくめの男の人でしょ。

12月5日　田中へ
じゃあ、ふたりで男の看護士さんみたいな服は⁇

12月6日　甲本へ
マッサージ屋みたいになっちゃうでしょ。

12月6日　田中へ
あ、これは‼
マゲつけて時代劇風！
キャッチーだろ！

12月7日　甲本へ
キャラは普通でいいの!!
ネタの中のキャッチーさ。
分かりやすさ！

12月7日　田中へ
じゃあ、もうちょい普通にして……。
オーバーオールとかにする？
それだけだと地味だな……。
髭も生やす⁇

12月8日　甲本へ
マリオになっちゃうから。

12月8日　田中へ
マリオありじゃない？
お前ルイージになる？

12月9日　甲本へ
ありじゃない！　ルイージも嫌だし。
普通でいいから！
スーツでいいから！
髪形とかも今のままでいいし。

12月9日　田中へ
スーツだけど、素足でいく？
石田純一的な感じで！

12月10日　甲本へ
伝わりづらいし、笑いに繋がらないから。
っていうか、こんなこと何回書くの⁉
もう疲れました！
キャラは普通でいいから！
ネタを考えないと‼

12月10日　田中へ
じゃあ、こうしよう！

そんなにキャラに否定的なら、占い師に聞こう！

紺野さんのバーに占い師が飲みに来ることになってるんだって！

その時に、俺らイエローハーツのことも見てもらおうと思う。

井口に聞いたんだけど、ロンブーの淳さんが髪の毛を赤く染めたのも占い師に言われたのがきっかけだって噂だぞ。

だから、占い師に言われたら、さすがにその通りにしような。

12月11日　甲本へ

いい加減にしてください!!

なんで占い師に決められなきゃいけないんですか??

甲本、気持ち悪い!!

12月12日　田中へ

気持ち悪いってなんだよ！

それはないだろ。

腹立った。

12月13日　甲本へ

気持ち悪いよ!!

占いなんかに頼らずに、自分を信じようよ。
キャラとかいいから、ネタを考えよう。
ちゃんと考えてる⁇
僕はずっとネタ考えてるのに、甲本は軽く考えすぎだよ！
なのに、なんでここにきて占いとか言ってるの⁇
気持ち悪いでしょ⁉
父親になるんでしょ⁉
ちゃんとしようよ‼

12月15日　田中へ

だから、気持ち悪いってなんだよ。
占い師に聞くのがそんなに悪いか⁇
自分を信じきれないから占い師に聞くんだろ。
すがっちゃいけないのかよ。
なんでだ？
カッコ悪いからか⁇
そんなに気持ち悪いか？
前にカンニング竹山さんが教えてくれたんだ。吉本にカリカって芸人がいるだろ？
あのコンビ、もう14年以上やってて、コントとかおもしろいのに、テレビじゃあまりブレイクしなくてさ、竹山さんが言うんだ、「なんかイエローハーツと似てる」って。カリカのツッコミの林さんってな、いっつもスーツ着てメガネかけてるサラリーマンキャラだろ？

でも、どうにかして売れたくて、ある日、占い師のところに行ったんだってよ。占い師になんて言われたと思う？

「マントを羽織って、髪の毛を紫色に染めなさい」って言われたんだって。

無茶だろ？

サラリーマンキャラなのに、マントと髪の毛を紫って変だろ⁇

でも林さん、ある時、紫のメッシュ入れて、マント代わりにコートを羽織って舞台に出たらしいんだ。

舞台終わった後、周りが「いくら占い師が言ったからってやりすぎだろ！」って呆れて、バカにする感じで注意したらな、林さん、真剣に言ったんだって。

「10年がんばってきて売れなくて、何かにしがみつかなきゃやってらんないだろ……」って。

周りから見たら、林さんのとった行動はあまりにもバカバカしいかもしれないけど、俺、その気持ちすごく分かるんだ。

何かにすがりつかなきゃやってられない。

正直、俺はネタを考える能力はない。

今、イエローハーツにとってのキャッチーな新ネタを作らなきゃいけないってのも分かる。

でも、俺にはその力がない。

お前が一番分かってるだろ？

お前の力になってやれない歯痒さもある。

だから俺ができることってなんだろって考えて、お前が考えてくれたネタがおもしろく見えるようなキャラないのかなとか、あとは、コンビ名変えて少しでも運がよくなったり、覚えてもらえたりするなら、何でもすがってみたいなって。

本当だったら占い師になんか聞きたくないけど。だから聞いてみようと思ったんだ。

それなのに気持ち悪いって言われてさ。

12月16日　甲本へ
ごめんなさい。
気持ち悪いは本音じゃない。
そうだよね。
すがるしかないもんね。
おもしろいこと考えてるだけじゃ駄目だもんね。
占い師さんに聞いてみてよ。
どうしたらよくなるか⁇
占い師さんがヒントくれたら、多少嫌なことでもやるから。

12月17日　田中へ

占い師が来たんだよ。

オカマの占い師で、ミルクちゃんとかいう名前で。31歳とか言ってるけど、絶対40超えてるなってやつ。

そいつに聞いたよ。俺とお前の名前と生年月日出してさ。

そしたら変なノート出して色々書いてさ、最終的に俺になんて言ったと思う?

「そもそもあなた、表に出る職業向いてません」

ふざけんじゃねえよ――――――――‼

やっぱり占いなんて聞くもんじゃねえな。

お前の言うとおりだった。

あのクソオカマ野郎!

気持ち悪い‼

絶対笑軍で優勝して、トロフィー持ってぶん殴りに行ってやっからな‼

あ〜、腹立った‼

12月19日　甲本へ

これだよ。

これじゃない!

閃いたよ。

ネタ。

うちらのキャッチーさ。

新しいスタイル。

この日記、昨日ずっと見返してたんだ。

そしたらさ……。

最近のやりとり見てたらさ、あまりにくだらなくて笑っちゃったんだ。

それで思ったんだ。これがいいじゃんって！

これをネタにしたらいいじゃんって。

悩んでる11年目のコンビって設定（マジだけど）の漫才。

甲本がここに書いてたようなことを、僕がネタのボケとして言う。

それにツッコむ甲本。

芸歴11年目のコンビが漫才を始めて、漫才の中で悩んでる。

甲本は「11年目なんで、おもしろいネタを考えていかなきゃいけないね」と言う。

すると僕が「ネタもいいけど、コンビ名、変えていかない？」と言う。

他にも僕が言うのはネタのアイディアじゃなく、衣装とかキャラクターのことばっかり。

イライラして「ネタを考えろよ！」と言う甲本。

最終的に占い師に聞きに行ったら、「そもそも才能ない」って言われて終わる。

どう⁇

ボケ数も多く入れられるし、これが芸歴11年目の僕らの色が出る、他のコンビには絶対できないネタだと思う。

僕らのこと知らない人もすっと入ってこれるキャッチーさがあると思う！

12月20日　田中へ

なんか俺のことバカにしてるみたいじゃねえかよ。

嫌だ!!

………なんて言わねえよ。

この日記、読み返して笑ったわ。

確かに、11年目の今までうんともすんとも言わなかった俺たちにしかできないネタだな。これだったら俺もお前にどんどんネタを言っていける。

だってボケのアイディアは俺自身だからな。

イケるかも。

竹山さんにお願いして、一番近いお笑いライブに出させてもらえるようにお願いするから、そこに向けてネタ作ろうぜ!!

これから空いてる時間、とにかく会って作って、そこで合わせていこう！

12月27日　甲本へ

甲本と1週間、これだけずっと一緒にいたのはデビューした時以来かな……。

さすがにクリスマスイブの日に世田谷公園でネタ合わせした時は周りのカップル迷惑そうだったね（笑）。もう、世田谷公園が家になってたもんね。

何回ネタ合わせしたかな？

何百回、いや、もしかしたら千回以上やったかもね。

本当にいいネタができたと思う。

前の僕らだったら絶対思い付かないし、やらないネタだけど。

ピンチになって見えることもあるね。

明日のライブ、ウケますように!!

12月28日　田中へ

よっしゃ!!

できたな、最高のネタ！

客の笑いも混ざって初めてできた気がした。

本番前、怖くなった。

逃げたくなった。

これだけ力注いだネタがウケなかったらどうしようって。

心臓、床に落ちそうだった。

でもめちゃめちゃウケた。

なんか今までとはウケ方が違う感じがした。波があった。

感じたことない波。

あのネタだと、俺らのこと知らない人にでも、芸歴11年の売れないコンビって設定はすぐに伝わるんだな!!

このネタがあれば、絶対イケる!!

こんな日が、またお前の誕生日だっていうのがめでたいな!

もう32になったな!!

おっさんだな。

でも、歌手のスーザンなんとかっておばさん見てると、俺らもまだまだチャンスあるって思うよな!!

日記と一緒に入れておいた黄色のリストバンド。

誕生日プレゼントだ!

俺もおそろい!

笑軍天下一決定戦には、これを一緒に付けて出よう!!

真ん中の刺繍は久美が入れてくれたんだ。

いいだろ!!

12月28日　甲本へ

誕生日プレゼント、ありがとう。

黄色のリストバンド。

久美さんが刺繍入れてくれて申し訳ないんだけど、ハートの刺繍はどうかな……。久美さんが入れた刺繍だから、甲本のリストバンドにハートの刺繍が入ってるのはいいけど、僕のにまで入ってるのは、おかしくないかな。

ふたりでこれしてたら、ちょっとキモチ悪く見えるんじゃないかな……。

12月29日　田中へ

俺はするぞ！　お前は任せる！

笑軍まであと12日！

そこで、1個提案！

せっかく始めたこの日記。

明日からもネタ合わせで毎日会うけど、日記は書いていこうな。

こないだ1週間書かなかったら、なんか寂しいわ。

気持ち悪いって思うかもしれないけど。どうせだから、これからはお互い1日1個ずつほめていこう。

本番まで、ほめてテンション上げていこう!!

どんな小さなところでもいいからほめていこう。

だから、まずは俺から。

お前のボケる時の顔、つい笑っちゃうわ。

いいよ！

12月30日　甲本へ

あと11日。
そして今年も残り2日ですね。
甲本のツッコミ、冴えてきてると思います。

12月31日　田中へ

あと10日。
そして今年も今日1日で終わりだな!!
お前の書いてくる本がおもしろいわ。
来年はイエローハーツの名前を世の中に知らしめるぞ!!
あ、富士そばおごってくれて、ありがとな!!

1月1日　甲本へ

あけましておめでとう!!
なんか芸人になってこんな気持ちで年を越したのって初めてです。
なんかすがすがしいっていうか!!
今年は勝負!!
絶対笑軍で最後の10組に残ろう!!
笑軍まであと9日。

甲本のツッコミの叩き方、痛そうで痛くない！　いいです！

1月2日　田中へ
東京はガラガラだな!!
あと8日。
よく見ると、お前は歯が奇麗だな。

1月3日　甲本へ
こんなにテレビ見なかった正月、初めてかも。
あと7日。
甲本こそ目が二重。
ジャニーズ系です。

1月4日　田中へ
あと6日。
よく見ると、いい福耳してるぞ。

1月5日　甲本へ
あと5日。

甲本こそ、アゴがシュッとしてます。

1月6日　田中へ

あと4日。
お前が今日差し入れに買ってきた松屋のキムチ牛飯、超うまい。元気出た。
冬の公園のベンチで食べるキム牛があんなにうまいなんて知らなかった。

1月7日　甲本へ

あと3日。
甲本が自販機でおごってくれたポッカのコーンポタージュ。
うまかったです。缶の中で最後につぶつぶがなかなか取れないのがいい！
ってさ……なんか、これってほめてる？

1月8日　田中へ

あと2日。
じゃあ、むりくりほめるの禁止。
素直にほめよう。
お前、おもしろい！

1月8日　甲本へ
甲本、一番おもしろいです。
一緒にコンビ組んでよかった！

1月9日　田中へ
いよいよ明日だな！

1回戦、受かるといいな！

いや、受かるよな!!

っていうか、受かれ!!

イエローハーツ、この名前を世の中に知らしめるためのスタートとなる明日に、乾杯!!

烏龍茶で乾杯!!

明日、久美との入籍届けを出してから、予選行きます!!

1月10日　甲本へ
イエローハーツ、笑軍天下一決定戦1回戦！
合格――――――――――――――――!!
やったね！
かなりウケたね！

ボケの全部がハマってくれた。

川野さんが見てくれてて、言ってた。「今日の予選受けた中でベスト5に入ってた」って。

この調子で勝ち抜こう!!

2回戦も、勝てる!!

1月10日　田中へ

俺のツッコミのタイミングが2ヶ所、ちょっとズレてたところがあった。

あれが決まればもっとウケる!

ナンバー1になれる!

明日の2回戦も絶対勝つ!!

絶対勝てる!!

なぜなら、終わってトイレ行く時ベッキーとすれ違ったから!

幸運のベッキーだ!

だから絶対勝つぞ――!!

1月11日　甲本へ

イエローハーツ、笑軍天下一決定戦2回戦!

合格――――――――――――!!

1回戦よりさらにウケたね!　狙ったところで全部来た!

甲本のツッコミもテンポよすぎる！
うちらがウケすぎて、あとのコンビ、何組か引きずってスベってたらしい。
あと1回勝てば準決勝。
それに勝てば決勝の10組に入れる‼
今日はベッキー、見た⁇　幸運のベッキー⁇

1月11日　田中へ

そりゃウケるよ！
ウケるに決まってる！
ネタ中のお前のボケを言う顔で俺が一番笑いそうなんだから。
そこで提案なんだけど、思い切って、ボケ数増やしてみない？
衣装の前に、髪形のくだりとか。
入れたら3個ボケ増えるし、俺がさらにテンポ上げていけば大丈夫。
テンポ上げても噛まないから。酒も抜いてるし。
あと、ベッキー。
今日、ベッキー見なかったんだよ。
代わりに、デーブ・スペクターとすれ違った。
幸運を呼ぶデーブってことにしとこう。
勝てる‼　勝てる！　勝てる‼

明日は久美が客席で見てる。
負けられない‼

1月12日　甲本へ

イエローハーツ、笑軍天下一決定戦！
準決勝進出――――――――――――――――‼
すごいよ！　20組に残ったんだよ！
もうここまで来たら、絶対決勝行けるよ‼
すごいよ、今日の甲本は。
神がかってた。
あんなにテンポ早い言葉を1回も噛まずに、分かりやすく僕に渡してくれた。
社長が言ってたけど、取材の話が来たらしいよ。
準決勝で勝てば、ついに決勝。10組だ‼
川野さんが教えてくれたけど、今大会の台風の目って言われ始めてるんだって。
続けてきて本当によかったね。
この日記を甲本が始めてくれたことに感謝。
絶対勝って、決勝だ‼
そんで絶対優勝だ‼
デーブに感謝しよう！

1月12日　田中へ

社長が珍しく俺に電話してきたぞ。

がんばれよって。

絶対うちらが勝つと思ってなかったくせに、「こうなることは分かってた」って。

ウソつけ————!!

最後の10組に残ったら、売れっ子AV嬢ばっかり呼んで合コンしこんでやるって言われたんだけど、「俺、もう結婚したんで!」って断ってやったよ。でも、よく考えたら社長に報告すんの忘れてた。

まあ、コンパは開かないけど、祝勝会は開いてもらう約束はした。AV嬢ありでな!

あとは準決勝。

誰が来ても勝ってやろう!

準決勝が対戦形式になってるのは、今の俺らにとってはラッキーでしかないよ。

俺らと当たったコンビがかわいそうだな!

ちなみに、20組の中にBBが残ってたよな? それ聞いて最初は驚いたけど、井口がBBのネタを客席から見てて、かなりウケてたって。

人気だけじゃないんだな。

あいつらはあいつらでちゃんと腕も上げてるんだ!

あ、今日久美が見に来ててさ、「舞台で輝いてる姿を早く子供に見せたい」ってよ。

自慢できるパパだって!

だから準決勝、絶対勝つぞ！
もっとテンポ上げられる！
圧勝だ‼
準決勝の組み合わせのくじ、明日だな！
誰でも来ぃ‼

1月13日　甲本へ

なんかクジに運命を感じる。
あいつら倒さないと決勝に行けなくなったね。
絶対勝とう！
勝つしかない！
打倒、ＢＢ‼

4冊目

1月14日　田中へ

BBの話、聞いたか？　ここまで相当ウケてるらしいぞ。

かなりテンポを上げた漫才をしてるらしい。

あいつらなりにめちゃめちゃ稽古したんだろうな。認めたくないけど認めるしかない。

しかも福田のツッコミもかなり冴えてると聞いた。こうなると「俺のツッコミをパクりやがったな！」とか怒っていられない。

どうだ？　俺も大人になっただろう。

そして、ボケの橋本だ。あいつもただのイケメンかと思ったら、あのカッコいい顔を壊してオモシロ顔でボケてるらしい。

ってことで、お前もオモシロ顔を入れてくれ!!　……なんてことは言わない！

カッコいいやつが変な顔したほうがギャップがあるからな。

まあ、お前には顔ボケとか似合わないし。

些細だが、ツッコむ時に俺も表情作ってみようと思ってる！

そんで、今日のネタ合わせを受けて、1個提案がある。

スピードをもうちょい上げてみないか？

ボケ数を限界まで増やしたい。

とりあえず、明日のネタ合わせからやってみよう!!

1月14日　甲本へ

スピードを上げてボケを足すのもいいけど、まずは確実に笑いが取れるようにしよう。

とりあえず明日のネタ合わせで1度やってみるのはいいけど。

1月15日　田中へ

やっぱりスピード、まだ上げられると思う。

スピードを上げた途端に俺が噛みだしたから不安に思ったんだろ？

大丈夫だ。前のM-1の予選みたいなミスはしない。

あの時とは稽古量が違う。まだ時間もある。

スピードを上げれば、ボケが2個は足せることが分かったから、整形のくだりで、ホクロとタトゥーのボケを足そう。

あそこで2個ボケが増えると、その後のボケが更に大きくウケる気がする。

笑いの数が2個多くなれば、印象も全然違うだろ。

絶対に勝ちにいくには、それしかないと思う！

1月16日　甲本へ

今日のネタ合わせ。50回以上合わせて、すんなりできたのが10回。危険だと思います。

やっぱりスピードが早すぎて、全体が伝わりづらくなるんじゃないかなって不安です。それと、もしあのボケ増やしたところで噛んだりしたら、ネタがあそこで途切れた印象が大きくなって、終わりまで引きずると思います。

甲本だけのことじゃなくて、僕もあのスピードでちゃんと言えるか怖いです。足さないやつでネタを固めて練習したほうがいいと思います。

1月16日　田中へ

今日も家に帰ってからめっちゃ自主練してるし。

大丈夫。っていうか、大丈V（懐かしいだろ。シュワちゃん）。

とりあえず明日の『恋Q』の前説で、今日の足したパターンでやってみて決めよう。

1月17日　甲本へ

やっぱりボケを足さないやつにしよう。

甲本は完璧だったけど、僕、2回噛んだし……。

自信なし。

1月17日　田中へ

大丈夫だよ！　今日のお客のウケ具合見てたら、かなりいいと思う。お前が噛んだことにも、誰も気付いてなかったでしょ。足したパターンでいこう。

1月17日　甲本へ

確かに今日はウケてたけど、コンテストでは、噛むとお客さんにその緊張感とミスした感じが伝わって笑いが減るから危ないと思う。アンパイを取っていこうよ。

1月17日　田中へ

明日の営業で足したパターンをもう1回やってみて、それで決めよう。お前は大丈夫！　才能あんだから。できるよ!!

1月18日　甲本へ

甲本の言うとおりでした。

今日の営業のネタ終わりのお客さんの拍手。あんなの営業で見たことない。ボケ数2個足して今日みたいに上手くいくと、あそこからスピード感と爆発力が一気に足された感じがした。

漫才終わった瞬間、正直、鳥肌が立った。

甲本のツッコミ、完璧だった。すごかった。

あのスピードで噛まないどころか、顔までおもしろく作ってたし。

僕も不思議と落ち着いてできた……。

足したパターンでいこう。っていうか、あれでやらせてください！

1月19日　田中へ

すごかったな。今日は100回合わせて、90回以上、上手くいったな。

公園のベンチでいちゃいちゃしてたカップルも、途中から本気で俺らの漫才見て笑ってたもんな。

イケる！　絶対イケる！

さっき紺野さんに呼ばれてバーに行ったら、明日の夜、決勝進出のお祝いパーティーのために店を押さえておくからって！

あと、竹山さんに幸運のベッキーの話が伝わってて、同じ事務所だからって、わざわざベッキーの写真撮ってきてくれて、紺野さんに渡しといてくれたんだ。

ありがて～な！

ちなみに今日の夕飯は久美が作ってくれたトンカツ。そう、「勝つ」からトンカツ。

あまりにもベタすぎるだろと思ったけど、やっぱ嬉しいもんだな。

食べたらすげーパワー出てきた。

勝つ!!　絶対勝つ!!　勝って決勝出て、売れて有名になりて〜〜〜〜〜！

借金を全部返して、久美の仕事もやめさせて、万全の体制で安心して子供を産ませてやりて〜〜！

だから勝つ!!

神様は俺たちに勝たせてくれるよな⁇

1月19日　甲本へ

絶対勝てる!!

なぜならBBより、イエローハーツのほうが絶対おもしろいから！

明日はユーチューブでデーブ・スペクターの映像を見てから行きます。

明日、勝つ!!

1月20日　田中へ

ごめん。

1月20日　甲本へ

甲本のせいじゃない。

なんで謝るの。謝らないでよ。

1月21日　田中へ

ごめん。俺のせいだ。
俺が2回も噛んだから。
俺がスピード上げようって言って、ボケ足して、そんで自分で噛んでしまった。
あそこまで完璧だったのに。
噛んだ瞬間、空気が止まったのが分かった。
ごめん。
ごめん。
ごめん。
ごめん。
ごめん。
本当にごめん。
すいませんでした。
俺が噛まなければ絶対勝ってた。

1月21日　甲本へ

甲本のせいじゃない。
あそこに行くまでに、僕もカツゼツ怪しかったし、僕のその崩れかけたテンポに甲本を引っ張り込んじゃった感じになったから。

甲本はまったく悪くないよ。

僕のほうこそ、ごめん。

1月22日　田中へ

謝るなよ！　お前が謝るなよ。

誰がどう見たって俺のミスだ。

なんだろう。

笑軍の予選が始まってから……芸人になってこんなにテンション上がったの初めてだった。

勝ち進んでいくうちに、これまでの10年間がウソみたいに自信が湧いてきた。

俺、才能あるんじゃないかって思った。

俺は才能がないんじゃなくて、チャンスがなかっただけなんだって思った。

でも、違ったみたいだ。

バカだな、俺。

決勝の10組に残ったら、仕事増えて、金も稼げるだろうって考えて、欲しいものを紙に書き出したりしてた。アナログのテレビ買い換えて、古い洗濯機も買い換えて、久美の腹がもっと大きくなったら掃除しなくてもいいように、勝手に掃除してくれる機械みたいなのも買おうとか色々考えてた。

引っ越す家も探したりしてた。

結婚式も派手にやってやろうと思ってた。

赤ちゃんの服はもらいものじゃなくて、全部買ってやるって久美にカッコつけて言ってた。

でも、全部単なる妄想で終わっちゃった。バカだな。俺。

久美の言葉が辛かった。「ここまでこれたってことは、才能があるってことじゃない」

本当にそうなのかな⁇

思うんだ。この数週間、神様のサービスだったんじゃないかって。

とりあえず10年間芸人やってきたご褒美に、ちょっとだけいい気持ちにさせてやろうと思ったのかもって。いい気持ちにさせてくれた代わりに、最後に、「お前、才能ないの気付けよ！」って現実を見せたのかもって。

最後のサービスタイムだったのかも。

ごめんな、田中。

あんなにいいネタ書いてくれたのに。

俺と組まなきゃお前はもっと早く売れてたんだよ、きっと。

俺はバカだ。クズだ。誰も幸せにできない。

1月22日　甲本へ

なんで神様がそんな回りくどいことするんですか⁉

久美さんの言うとおりだよ。気付かせてくれたんだよ。才能があるって。

こないだの準決勝、ネットで中継されてるわけだし、仕事も増えるはずだよ。

また来年の笑軍に出ればいいでしょ?

今年見つけたパターン、もっと磨いていけるよ。

芸歴が12年目に入ったら今のネタ、もっとおもしろくなる。12年売れないっておもしろすぎだよね。いいフリになるよね。

「干支ひと回り分売れてない」ってボケも足せそうだし。

あとね、このネタは僕が書いたわけじゃない。ふたりで作ったんだ。

とにかく、またがんばろう。

営業でもウケ方、絶対変わるはずだから。

1月23日　田中へ

現実に引き戻された感じだった。またパチンコ屋の営業。

誰も聞いてくれてなかったな。

笑軍出てる時は、みんなが俺らの漫才に集中してくれたのに。あんな場に立ててることがどんなに幸せなことかを、一瞬忘れてた。

中山社長に聞いたら、ぶっちゃけ、仕事のオファーはあんま変わってないって。

増えてるわけじゃないって。

M-1もそうだけど、ファイナリストにならないと意味がないんだよ。準決勝進出じゃダメなんだよ。最後の10組に残らないと意味ないんだ……。

ごめん……。

1月23日　甲本へ

謝らないでって。甲本が悪いわけじゃないって言ってるでしょ。笑軍で、イエローハーツの知名度は確実に上がったわけだし、他事務所の色んなライブに出してもらえるチャンスも増えるよ。

1月24日　田中へ

今日の営業、すっぽかしてごめん。
昨日の夜、紺野さんのバーで飲みすぎて起きれなかった。
申し訳ない……。
やっぱり、俺はお前の足を引っ張ってる……。

1月24日　甲本へ

大丈夫だよ！　井口に電話したら、あいつが代わりに来てくれて、なんとかなったから。
仕方ないって。飲みたい日もあるよ。

1月25日　田中へ

俺、バイトしようと思う。

久美が昼の仕事以外にもバイトするって言うけど、さすがにそれはさせられないから。井口の口利きで、引っ越し屋を始めようと思ってる。日当8千円くれるらしい。紺野さんのバーでバイトさせてくれるって言われたんだけど、なんか、よくないかなと思ってさ。

バイトすること、あんなに文句言ってたのにな。でも、とにかく借金だけでも返さないとな。子供のために。

お前はバイト、大丈夫か??

1月26日　甲本へ

バイト、いいと思う！　そこでネタも見つけられるから！

今日、麻衣子が仕切って残念会を開いてくれた。そこに店長が来て、「今週からシフト空けてあるから」って。ありがたい。

でも、前よりも回数減らして、甲本とネタ合わせする時間を増やそうと思います。

1月27日　田中へ

前にここに書いたよな。

「俺たちには華がない。運がない。キャラがない」

あれは間違ってた。

俺たちじゃなくて……俺には……だった。

しかも、「華がない。運がない。キャラがない」だけじゃない。俺には勇気がない。度胸がない。若さがない。実力がない。貯金がない。ない、ない、ない……。ごめん。俺には何もない。

1月27日　甲本へ

まったく、どんだけヘコむの⁉
ヘコんだって仕方ないでしょ！
それに、何もないわけじゃない。僕らには力があるんだって。
粘る力がある。
続ける力がある。
続けることが一番難しいんだから……。

1月28日　田中へ

今日、すごいことが分かった。本屋で占いの本を見て分かった。
俺は大殺界だった。
やっぱ俺のせいだ。ごめん。

1月28日　甲本へ

大殺界とかよく分からないけど、先月くらいに麻衣子が占いの本を持ってて、僕のことを見たら、「大殺界だから気をつけて」って言ってた。僕だってそうなんだって！
甲本のせいじゃないです。

1月28日　田中へ
田中は12月で抜け出したんだよ。
俺は今年が大殺界。
俺のせいだ。ごめん……。

1月28日　甲本へ
もう謝るのいいから！
でも、今年が大殺界なら、来年はチャンスでしょ！

1月28日　田中へ
大殺界は3年あるんだよ！
だから俺はこれから3年間、大殺界。
田中は去年抜けて、今年が種をまく年……。新しいことを始めるのがいい年。

1月29日　甲本へ
分かった。こうしよう。

待つから。甲本が大殺界抜けるまで、運勢がよくなるまで何年でもがんばろう‼

明日、笑軍の決勝だね。

見たくないけど、見ようと思う。

なんか、見ることが大事というか……見ないと負けた気がするっていうか。負けたんだけどね。

どうせなら僕らを負かしたBBに優勝してもらいたいな……。

1月30日　田中へ

なんかさ……よりによって俺の誕生日が決勝の日なんてさ……。
意地悪だよな、神様。
生放送では見れなかった。久美も気を遣って、笑軍のこと全然言わなくて……。
ケーキ買って来てくれて、料理作って誕生会してくれてさ。お腹の子供のために
DVDを見ようって、ディズニーのアニメ見てさ……。
気が早いだろ？　でも、腹に耳当てたら動いてるんだ。本当に動くんだな……。
めっちゃ嬉しかった……。最高の誕生日プレゼントだと思った。
笑軍は見ないことにしようと思った。でも気になって仕方なかった。
久美、寝てからさ……久美のパソコンでユーチューブで見たんだ。
BB惜しかったな。
橋本が噛んでなきゃ優勝してたな。

福田、泣いてたな……。

悔しかったんだろうな。

なんか、それ見てたら俺も泣けてきた。

福田はどんな気持ちで泣いてんだろうって思ったら。橋本が噛んだせいだと思いたくないけど、本当は心のどっかで思ってる気持ちがあるんだろうなって。

田中、お前も本当は泣きたかったんだろう？

俺、準決勝終わった夜、紺野さんのバーでずっと泣いてた。

だけど、ごめんな。

一番泣きたいのはお前だったよな……。申し訳ない。

大殺界がどうだとか言ってるけど関係ない。

俺は芸人に向いてないのかもしれない……。

1月31日　甲本へ

正直、勝ちたかった。

死ぬほど負けて悔しかった。

でも、泣いてなんかいません。

スッキリしてる自分がいた。なんだか分からないんだけど。

笑軍に出るまでは、ずっと真っ暗な森の中をさまよってる感じがして不安だった。

だけど、あそこのステージに立ったことによって、光の方角が分かったって言うか、森の中からの出口が分かった気がしたんだ。

僕らみたいな売れてない芸人は、出口が分からない人がほとんどだと思う。

でも、出口が見えたんだ。

がんばり方が分かるってすごいことだと思う。

あと、甲本ほど芸人に向いてる人、いないと思います！

臆病で、ヘコみやすくて、繊細で……おもしろいから！

2月3日　田中へ

BBの橋本……なんで飛んだのかな……。

事務所に宛てた手紙には、「自分は芸人に向いてないです」とだけ書いてあったらしいけど。まだ連絡もつかないって……。

相当なプレッシャーで円形ハゲまでできてたって。

どうすんだろうな……BB。

2月4日　甲本へ

BB、解散だってね。

橋本、ちょっと病気気味になっていたんだって……。弱かったんだね。

でも、福田だったらひとりでやっていけるかもね……。なんか残念だけど。うちらを負かしたBBがいなくなるって。

それと、来月、出させてもらえるライブが3つ決まったから。

やっぱ笑軍準決勝進出の看板は強いよ!!

僕らは笑軍に出て、ただ負けたわけじゃない。

負けたけど、次につながるチャンスは掴んだんだよ。

ただの負けじゃない。っていうか、「負け」って言葉がよくないのかもね。

勝負したら、勝ちと負けのふたつに分かれるけど、世の中には単純に2種類に分けられることなんかないって思う。

男と女。でも、色んな男がいて色んな女がいるように、勝ちと負けでも、色んな勝ちがあって、色んな負けがある。

だから負けの中にも色んな色の負けがある。

イエローハーツの負け方は、なんか黄色っていうか、「先が明るい」っていうかね。

次勝てば、今の負けが、勝つための準備になるっていうか……。そんな気がするんだ。

言いたいことがよく分からなくなった。

ごめん……。

2月5日　田中へ

なんか変わったな、田中。

前のお前はそんなに熱くなかったのにな。

なんだろう？　年取ると熱くなるのかな。

確かにお前の言うとおりかもな。ただの負けじゃないな。
準備なのかもな。準備！

2月6日　甲本へ

遅くなったけど、誕生日プレゼントと入籍記念のプレゼント、入れておきます。
おめでとう!!　本当におめでとう。
たいしたもんじゃなくてごめん。
売れたら、今度はちゃんとしたもの渡すから！

2月13日　田中へ

今日は言っておきたいことがふたつある。
ひとつはお礼。
プレゼント、ありがとうな。
ありがとう。嬉しい。
名前辞典……使わせてもらうわ。
久美、ずっと読んでる。なんか俺、名前辞典を見てる久美の顔を見てるだけで、幸せ
感じちゃってんだよね。
もうひとつ、言っておきたいこと。
解散しよう。

もうイエローハーツでやれることはやったと思う。分かるだろ？
だから解散しよう。

2月13日　甲本へ

分からない。意味分からないです。
どういうこと？
今日、ずっと携帯つながらないし……。
冗談でしょ？　あ、もしかして日記、酔っ払って書いたでしょ⁇

2月14日　田中へ

冗談じゃない。酔っ払ってもない。
俺はお前に隠してることがある。やっぱり言わなきゃダメだと思うから言う。
準決勝の朝、知らない携帯から電話があった。
出たら、篠田だった。ＢＢのマネージャーの篠田。
どうしても会いたいって言うから、会場入りする前に篠田に会ったんだ。
篠田に言われたんだ。「負けてほしい」って。
封筒を差し出された。１００万入ってた。
俺は受け取ってしまった。
そして噛んだ。

それが全てだ。

最低だろ。

気持ち固まっただろ？　解散しよう。

2月15日　甲本へ

今日、会いに行ったよ、篠田に。

事務所の場所を調べて、ビルの前でずっと待ってたんだ。

そしたら篠田が来て、僕の顔を見たらなんかすごい焦りだしてさ。

篠田に問いただしたんだ。甲本が書いたこと全部。

甲本、ウソついたね。

負けてほしいってお願いしたのは本当だって言ってた。でも、金を出した瞬間に殴られたって。「イエローハーツをナメるな！」って。

それと、「こんなことして勝っても、ＢＢがかわいそうだ」って甲本に言われたって。

金、突き返されたって。

だから分かった。

甲本はわざと噛んだわけじゃない。なのに、なんであんなウソをついた？

あと……今日、僕も初めて人を殴りました。

2月16日　田中へ

わざとだよ。わざと噛んだんだ。

あの時は1回カッコつけて断ったけど、漫才してる時に心が揺れた。

久美の顔が浮かんできた。

あとで金もらおうと思ってた。だから噛んだ。

2月16日　甲本へ

そんなわけない。わざとじゃない。

2月17日　田中へ

わざとだ。

2月17日　甲本へ

わざとじゃない。

わざとだったら、あんな風に噛めない。

もっとわざとらしくなる。甲本はそんなに器用じゃない。

2月18日　田中へ

失礼だな!!

確かにあんなうまく噛めないけど。

お前にウソは通用しないな。

本当の理由。簡単だよ。

イエローハーツを組んで10年以上やってきて、こないだの笑軍で本当にやれることはやったと思うんだ。

俺は限界を感じてる。だから解散したい。

それだけだ。

そんなもんだろ。

2月18日　甲本へ

やれることはやった？　やってないって。

っていうか、10年も一緒にやってきて、理由それだけ⁇

限界を感じてるとか言われても、何が限界なのか分からないし。

もしかして、解散して、芸人やめるの⁇

不満とかあるなら聞くから、とにかく会って話そう。

2月19日　田中へ

芸人はやめない。

ピンでやるのか他の誰かと組むのかはまだ決めてないけど、とにかくイエローハーツは限界だと思う。

噛んでしまったのは俺だけど、あそこで負けたことが俺たちの限界っていうか。何をやっても、もう限界なんだよ。これからネタの精度を上げていったとしても、先が見えるんだ。

きっと俺たちは、一緒にいるからお互いが売れないんじゃないかって思う。

紺野さんにも言われたんだ。「どれだけがんばってもダメなこともある」って。

だから解散しよう。

解散してくれ。

お互いのために。

2月20日　甲本へ
さっき紺野さんのところに行って来た。

昨日の日記を読んでかなりムカついたから。

「芸人をやめたなら、今がんばってるやつが少しでも前向きになれることを言ってほしい」って言って、そのまま帰ってきた。かつての先輩に対して失礼な言い方かもしれないけど。

ねえ、甲本。限界って何⁇

会ってしっかり話そうよ。

2月21日　田中へ

紺野さんに二度と迷惑かけるな。
あの人はあの人で、芸人やめたからこそ分かる痛みが沢山あるんだよ。
売れてない芸人を励ますのは簡単だと思う。本音を言うほうが辛いと思う。
厳しい言葉でも本音を言ってくれるほうが優しいんじゃないかな……。
俺はお前と話しても気持ちは変わらないし、書いてる以上のこと、言えない。
だから解散しよう。
お前が了承してくれたら、俺から社長に話すから。

2月22日　甲本へ

了承なんかしない。
せっかく11年目になって、本当にいい漫才ができてきたんだから。
何より、今までで一番、やってて楽しい。
本当は甲本も同じように感じてるんだろ？
漫才やってる時の甲本の顔が、今までとは違う。僕には分かる。
川野さんだって、本当におもしろくなったって言ってくれた。
10年以上やってて売れないコンビなんて僕らの他にも沢山いるよ！
一緒にがんばろう。

2月23日　田中へ

会わないって!!

本音はここで全てぶつけるって言っただろ!

会っても話せない。

明日の『恋Q』の前説も行かないから。

2月24日　甲本へ

前説は大丈夫だったから。

甲本が体調悪くて来れないことを川野さんに話したら、「福田の勉強のために、今日は福田と一緒に前説やってくれないか?」って言われてやったんだ。

あいつ、相方いなくなって、今回からひとりで出るらしいんだけど、かなりヘコんでた。

とりあえず、福田とトーク的な感じでやってみたけど、かなり苦労したわ。

甲本のありがたみが分かるね。

とにかく会おう!

2月26日　田中へ

会えない。会いたくない。会ってもこれ以上説明することないから。

頼むから解散しよう。

家の前で待ち伏せするのやめてくれ!!

お前が俺を待ってるから、俺は家に帰れないんだよ。

2月27日　甲本へ

今日、甲本の家の前で待ってたら、久美さんが家にあげてくれたんだ。久美さんに言われた。「うちの夫、本当にワガママで子供っぽいけど、これからもお願いします」って。

まだ久美さんには何も言ってなかったんだね。よかった。

2月28日　田中へ

家で待ち伏せするのやめろって!!

二度とするな！

久美にも二度と家にあげるなって言っておいたから。

あとな、家もダメだけど、二度と俺の仕事場に現れるな!!

井口から会社の番号、聞いたんだろ??

客の引っ越し先にトラック付けたら、お前がいたからビックリしたぞ!!

お前が何度も「話をしよう」とか言うから、仕事仲間にヘンな関係かと疑われただろ！

どうすんだよ！　ホモ疑惑、出るぞ!!

絶対に二度と来るな‼
話すことはない。限界を感じたことが全てだ。
あと、久美に解散のことをまだ話してないのは、余計な心配かけたくないからだ。
きちんと整理がついたらすぐに言う。

3月1日　甲本へ

甲本が会ってくれないから仕方ないです！
前に甲本もうちのバイト先に来たでしょ。
昨日、甲本の顔見て思った。なんかおかしい。
甲本がなんか隠してる時の顔だった。

3月2日　田中へ

隠してなんかない。

3月3日　甲本へ

隠してる。僕には分かる。
教えてほしい。本音を。解散する理由。

3月4日　田中へ

だからもう仕事場に来るなって言っただろ！
お前が、「なんか隠してるでしょ」とか言うから、完全にホモ疑惑。
隠してないし。

3月5日　甲本へ

もしかして……噛んだことで怖くなってるんだとしたら、本当に気にしないでほしい。
あれは僕のせいだから。
あれだけウケる漫才作れたんだから、自信喪失するなんておかしいよ。
3回戦終わったあと、川野さん本当にほめてくれたの覚えてる??
本当におもしろい！　って何度も言ってくれた。
だから自信持とう！　絶対ウケるから！

3月8日　田中へ

それがうざいんだよ!!
うざいんだよ!!
うざいんだよ!!　ムカつくんだよ!!
なんで気付かねえんだよ!!
川野さん、川野さん、川野さん……。

あいつは俺のことなんかおもしろいと思ってないんだよ！

お前のことがおもしろいと思ってんだよ！

川野さんだけじゃない。結局みんなほめるのはお前ばっかりなんだよ！

前説終わっても、たいてい、みんなお前の目を見て「おもしろかったね」って言ってくる。

笑軍の時もそうだよ!!

みんなお前のことをおもしろいと思ってるんだよ！

イエローハーツはふたりのコンビじゃなくて、田中のコンビなんだよ！

なのに、お前は俺のことをおもしろいとか言ってくる。

本当は思ってねえだろ！

漫才が上手くいって売れるために、俺を調子に乗らせたいだけだろ？

もう嫌なんだよ、そういうの。

それが俺の限界なんだよ!!

ここまで言わせるなよ！　気付けよ！

3月10日　甲本へ

ごめん。

甲本にそんなプレッシャーを与えてたなんて思わなかった。

本当にごめん。

だったら、甲本がやりやすくするから。

前説、やめてもいい。もう川野さんとも話さない。だから、もう1回、考え直してほしい。

僕は甲本と漫才がしたいんです。

甲本と一緒に売れたいんです。

3月13日　田中へ

そういうところがムカつくんだよ!!

いい加減、気付けって!!

最近分かるんだよ。才能ある相方を持ってしまった芸人の気持ち。

売れてるコンビでも、才能のバランス釣り合ってないコンビっているだろ？

ボケがおもしろすぎるのに、ツッコミの才能が追いついてないコンビとか。

そういうコンビを見るたび、昔の俺なら、「せっかく売れても、ツッコミに力がなくて、ボケの人がかわいそうだな」って思ってた。

だけど違う！

かわいそうなのは力がないほうだ！

不運なのは、力がないツッコミのほうだ！

ボケのほうはツッコミにイライラしてるのかもしれないけど、ツッコミは感じてるんだ。自分に才能がないことを。売れてしまったら余計辛いはずだ。

自分には才能がないのを分かってるのにコンビで番組に出させられて、ほめられるのはいつも相方ばっかりで。

そんなの辛い。
被害者だよ。
だから嫌なんだ。
俺はもうお前と漫才なんかしたくないんだよ!!

3月15日　甲本へ
甲本がそんな気持ちで漫才してたなんて分からなかった。
でも、続けたいんだ。
イエローハーツ。
僕には甲本しかいないから……。

3月18日　田中へ
俺は解散して、しばらくピンで行く。
仕事も決まりそうだ。
明日、中山社長がお前に説明すると思う。

3月19日　甲本へ
今日、中山社長から聞きました。
甲本、ひとりでオーディション受けたんだってね。

受かったんだってね。

世界中に長期ロケ、行くって……。

甲本の本音をひとつだけ、教えてほしい。

イエローハーツで漫才をやってる時は、楽しくなかった？

3月21日　田中へ

黙っててごめんな。

川野さんの知り合いのディレクターがいて、笑軍で俺らのネタ見たらしくて、その人が事務所に連絡してきたらしいんだ。新番組のオーディション、受けてみないかって。

どうせ受かると思ってなかったけど、受けてみたんだ。

ただ、それを受ける前から、解散は決めていたことだ。

解散して、ピンでやろうと思ってた。そんな時に、合格の知らせがきたんだ。これで余計に気持ちが固まった。お前には申し訳ないけどな。

4月から始まる新番組で、ディレクターひとりと俺ひとりで、世界中を旅するロケらしい。素人さんの結婚式に参加する企画で、世界各国で結婚するカップルを町で見つけて、お願いして、結婚式に参加させてもらう。すごい金持ちとか、アフリカの民族の結婚式とか……。

俺が頼み込んで、結婚式に出て、世界の様子を見せる番組らしいんだ。

ひとりで四苦八苦する姿を見せたいから、コンビじゃダメらしい。

世界を周るからずっと行きっぱなしになる。最低1年は行くことになるって。

しかも、甲本という名前でもなく、番組でキャラ名を付けられるらしい。俺自身のキャラだと弱いからということで、今、パンチパーマでサングラスをかけさせようかとか、侍のキャラにしようかとか色んな案が出てるらしい。

番組は、ゴールデンで放送になる。俺にとってでかいチャンスになる。

そうなると俺にはイエローハーツが邪魔だ。

お前が日本で待っててても、正直、その気持ちが嫌だ。どうせ行くならスッキリして行きたい。ピンとして、番組に出たい。

分かるだろ？　俺には、大きなチャンスになるんだ。

正直悩んだ。

もしこれに行ったら久美にも会えなくなるからだ。子供が生まれる時も一緒にいてあげられなくなる。

だから、久美に話したんだ。全部。

イエローハーツを解散したいこと。

そして、オーディションを受けたら仕事が決まりそうなこと。でも、それをやるには、海外に1年以上は行きっぱなしになること。

久美は言ってくれた。「あなたのやりたいようにするのが一番だよ」って。悔いの残らないようにするのが一番だって。泣いてたけど……。

だから行くことにした。

これに行けばギャラが入る。中山社長も約束してくれた。月30万は保障してくれるって。そうすれば、久美が子供を産んだあとに仕事をしなくても大丈夫だ。

だから俺はやる。

なんで俺は芸人になったのか考えた。

漫才がやりたいからか？　違う。ただ、売れたかったんだ。有名になりたかったんだ。

気持ちがハッキリしたんだ。

お前には申し訳ないと思う。

だけど、イエローハーツに限界を感じたのは本気だ。

そしてこの仕事が決まった。

ピンでいきたい。

解散してくれ。

3月23日　甲本へ

解散しなきゃ、ダメなのかな。

ダメかな。

3月25日　田中へ

解散しなきゃダメだ。

ダメだ。

3月30日　甲本へ

たまに考えるんだ。もし今、芸人をやってなかったら、僕は何をしていたんだろうって。楽しかったのかな？　そこそこ充実した生活を送っていたのかな？

高校3年の時の文化祭。

甲本が昼休みに、教室で漫画読んでた僕に、いきなり言ったよね？　「文化祭で俺らもなんかやろうぜ」って。僕が「なんかって何？　バンド？」って聞いたら言ったよね？

「漫才やろう」って。

僕は全然やる気なかったのに、甲本が担任の安本に、「俺、文化祭で田中と漫才やります」って勝手に宣言しちゃって、みんながノっちゃって。引くに引けなくなって……。

僕が甲本に、「ウケなかったらどうすんだよ！」って怒ったら、「スベってもウケても、強烈な思い出として残るだろ！」って。「何もしなくて何も思い出が残らないよりは、いいだろ」って。なんか納得しちゃったけど。

でも、甲本すごいね。あの頃から分かってたんだね。

そうだよね。思い出って、作ろうと思わないと何も残らないんだよね。

あれから甲本の家で毎日練習してさ。ダウンタウンさんの漫才とか色んなネタを見て。見よう見まねでネタ作って。

そんで文化祭当日。甲本が手書きのポスター作って、そこら中に張り出しちゃってさ。

体育館でバンドの演奏の合間に、5分間もらったよね？

コンビ名、甲本&田中――。

名前を呼ばれてステージに出て行く時、倒れるかと思った。ステージ立ったら、最初はかなり冷たい感じでみんなに見られてさ。

人の目ってこんなに怖いんだなって思った。

でも、途中から笑いが起こって……すっごいウケた。

自分が喋って、甲本がツッコんで、体育館にどんどん大きな笑い声が広がっていって。

笑いを取るってこんなに気持ちいいことなのかって思った。

なんか体がしびれてた。

こんな快感があるのかと思った。

甲本が終わったあと、「オナニーの千倍気持ちいいな」って言ってた。どんな例えだよ！　って思ったけど、でもそのとおりだと思ったよ。

人を笑わせたあの感覚が、何日経っても体から消えなかった。

高校卒業してコックになろうと思ってたけど、ずっとあの文化祭の時の笑い声が体に……っていうか、皮膚に残ってた。

だから甲本に「芸人になろう」って誘われた時も、不安は大きかったけど嬉しかった。

でも、甘くはなかったね。最初のライブの時、スベったよね。

次もスベった。ずっとスベって。なかなかウケなかった。

でも、今までこうして続けてこれたのは、あの時の文化祭のみんなの笑い声が、まだ残っているから。
あれが僕の人生を変えてくれた。
芸人になってなかったら、今頃何してたのかな……。
コックになって毎日料理作ってたのかな。
ちゃんとお金もらって、それなりに楽しく過ごしていたのかもしれないな。
でも、お金なんかないけど、多分、芸人やってる今のほうが全然楽しいと思う。
芸人になって本当によかった。
あの時、甲本が文化祭で僕を誘ってくれてなかったら、僕には何もない。
ありがとう。
甲本の気持ちは分かったから。すごく分かったから。
でも、お願いがある。
明日、世田谷公園で、もう1回だけ漫才させてほしい。
一番人が多い、昼の時間。12時30分に集合しよう。
そこで、もう1度だけ。漫才させてほしい。
そして、漫才をやってみて、楽しかったかどうか……教えてほしい。
最後に。

3月31日　田中へ

今日、世田谷公園何人いた？　１００人？　２００人？　３００人？

俺らが漫才始めたらどんどん集まってきたな。
超ウケてたな。公園なのに。
でもな、ウケればウケるほど、俺、辛かった。
もう、俺はお前と漫才しても、楽しめないと思う。

3月31日　甲本へ

今日の漫才の出来は、今までで一番よかった。
最高の漫才だった。
でも、分かった。
やってて辛いならやらないほうがいい。
解散しよう。
イエローハーツ。
僕もひとりでがんばってみる。
この世界に誘ってくれてありがとう。
甲本には感謝しかない。
ありがとう。
感謝。
また、いつか。

5冊目

4月1日　田中へ
今日、ハマったな〜！　全部のコンビの中で一番ウケてたぞ。
ぶっちゃけ今、俺らよりおもしろい漫才するコンビいないよな。

4月2日　甲本へ
確かにハマってはいたけど、油断しないでください。

4月3日　田中へ
本当、お前は慎重だな。
あ、あと、「身だしなみ」の漫才やる時に、俺の鼻毛が出てるってくだり、カットしない？
あそこテンポ悪くなるし、切ったほうがすっきりすると思うけど。

4月4日　甲本へ
あそこを切ったら駄目でしょう。一番爆発するところなんだから。
本当は自分の鼻毛のことをイジられるのが嫌なんでしょ⁈
井口に聞いたよ。ファンが本当に甲本の鼻毛が出てるか確認したりするんでしょ？
それをかなり恥ずかしがってるって。

4月5日　田中へ
そんなわけないだろ！
俺はそんなに小さい人間じゃない！
あ、じゃあ、俺の鼻毛のネタの代わりに、お前のケチをイジるのはどう？

4月6日　甲本へ
身だしなみのネタなのに、おかしいでしょ！
自分の鼻毛をイジられるのが嫌だから僕のケチをイジろうとするのやめてください。
あと、ケチじゃないから。

4月7日　田中へ
いーや、ケチだ！　楽屋にあった残りの弁当を持って帰った。

4月8日　甲本へ
弁当持って帰ったってケチじゃないでしょ！
あの弁当うまいんだもん。

4月9日　田中へ
俺なんか昨日も収録終わり、後輩10人以上連れて飯に行ったんだぞ。
しかも全部俺のおごり。
お前も前と違って金があるんだから、後輩を連れて飯に行けよ‼

4月10日　甲本へ
後輩を連れて行くのはいいけど、紺野さんの借金、返したの⁇

4月11日　田中へ
返したよ‼

っていうか、飲みに行った時は、前にお世話になった分、多めに払ってんだからな！

金は使うもんだぞ！

お前みたいにせこせこ貯めてたら駄目だ。

まあ、うちは娘がいるからそれだけで金かかるけど、久美がほしいって言ったもんは全部買ってやってるからな。

金は天下の回りものだからな！

4月12日　甲本へ

分かるけど、将来のために貯めておくのも大事だよ！

4月13日　田中へ

大丈夫だって。

だって、始まるんだぞ。俺らの冠番組。

今日の打ち合わせ、もうたまんなかったよ。

打ち合わせ部屋入ったらさ、スタッフが20人以上、立って待っててくれててさ、俺ら入ったら全員頭下げて「よろしくお願いします！」って言ってくれてさ。

台本見ただろ？　『イエハーのぶっちゃけナイト』って書いてあるんだぞ。

黄色の台本に俺らの顔まで入れてくれててさ。

イエハーだぞ。俺らの名前だぞ。

すげーな、絶対略されることはないと思ってた俺らの名前だけど、イエハーって呼ばれてるんだもんな。

俺らの冠番組だよ。夢にまで見た自分らの番組だぞ。

ここ目指してやってきたんだもんな。

スタッフ、言ってたよな。「ゴールデンに上げるつもりでいきますから」って。

飛び跳ねたかったよ！「やった――――!!」って叫びたかったよ。

何が嬉しいってさ、生放送で毎週最後に5分間漫才させてくれんだぞ。

俺らの番組で、俺らの漫才までたっぷりやらせてくれるんだ。

絶対絶対成功させような。

4月14日　甲本へ

いくらなんでも、打ち合わせからテンション上がりすぎです。

でも、正直、僕も飛び跳ねたかった。

明日、絶対に成功させようね。イエローハーツの大きなステップアップのために。

4月15日　田中へ

やったな!!　大成功だったな!!

嬉しかったな～！　タイトルコールできた時。「イエハーの!!」って言う時、俺、緊張して声うわずっちゃったよ。

なんか全身鳥肌、目が潤んじゃったよ。

俺だけじゃないよな？　お前もそうだったろ？

トークも生放送でかなり緊張したけど、上手く行ってよかった。

ゲストで幸運のベッキー様がいたから安心できた。

何より最後の漫才、ウケてよかったー!!

終わった後、プロデューサーも興奮気味だったもんな。
1回目の打ち上げで、焼き肉行ってさ。焼き肉だぞ⁉　すげーよな。
帰りにタクシー乗る時にみんなが送ってくれて頭下げてくれてさ。
家帰ったら久美も、録画した番組見てるんだよ。4回目だってよ。
娘も、笑って見てたって。言葉も分からないはずだけどな。
来週からも気を抜かずにがんばろうな‼
この勢いで絶対番組成功させてトップ獲ろう。

4月15日　甲本へ
今日、最後に漫才してる時、本当に幸せだった。甲本、お笑いに誘ってくれてありがとう。
甲本とイエローハーツ組めてよかった。

4月15日　田中へ
俺もお前と組めてよかったよ。
俺はお前と絶対天下獲る。
そんで、お前と一生漫才やる。ジジイになるまで。

4月15日　甲本へ
そうだね。一生漫才やろう。

どっちかが死ぬまでイエローハーツを続けよう。

4月15日　田中へ

もちろんだ。

いろいろあったけどさ……一生続けよう、イエローハーツ。

……ってひとりで書くのはここまでにしよ。

やばい俺。何してんだ。2週間分もひとりで書いて、アホだな。

駄目だな。交換日記、ひとりで書いちゃ。

むなしさしか残らないわ。寂しいな、俺……。


田中、元気か？

俺に言われなくても、元気だよな。ついさっきテレビの生放送に出てたもんな。

ごめんな。引っ越して携帯も変えて、社長にも俺の連絡先教えないでくれってお願いして……って別に俺と連絡なんて取りたくもないよな。「解散したい」って言ったの俺だもんな。

お前は俺とずっと会ってないけど、俺は見てるぞ。お前のこと、テレビで。

すげーな、ついに深夜で冠番組、始まったな。『タナフクのぶっちゃけナイト』。

最後の漫才もかなりおもしろかったよ。

やっぱり、お前が組むべき相手は俺じゃなかった。

福田だったんだな。

俺とやってる時よりノビノビやってやがるぞ！

組んで2年とは思えないぞ。

組むべくして組んだんだよ。お前らは。


久しぶりにこの日記を開いたついでに、もうちょっと書いてもいいかな？

まあ、お前がこれを読むことは絶対にないだろうけど、報告させてもらうな。


俺は今、居酒屋で働いてる。日本に帰ってきてから、芸人やめる覚悟決めてさ、そしたら中山社長が仕事先、紹介してくれたんだ。都内に3店舗ある居酒屋のオーナーさんと社長が知り合いでさ、そこで社員として働いてる。バイトじゃなく、ちゃんと働かなきゃと思ってさ。

最初の半年は研修だったんだけど、去年の秋からようやく社員にしてもらえた。社員って言っても、バイトとやることは同じ。給料安いぜ〜〜！

俺、芸人時代からカッコつけてバイトもまともにしたことなかったから、大変でさ……。

毎日、大体昼過ぎに入って、掃除して、バイトの子と一緒に酒屋さんから運ばれてきた酒とか食材を運んで、開店のスタンバイ。おかげで腕太くなっちゃったよ。

夕方オープンしたらフロア周りをやって、夜12時までずっと働きっぱなし。不景気だからなるべく早めにバイトの子達を返して、掃除とか雑用とか最後はひとりでやって帰るんだ。

うちの店に店長以外にもうひとり社員いるんだよ。樋口ってやつがいてさ。俺より若いのに、先に社員になっててさ、こいつが大学出てるからってすげー生意気でさ。しかも働かないし、全部俺に仕事押しつけるんだよ。ムカつくだろ⁉

正直、毎日すげーしんどい。

つうか、働くって大変だな。今になって分かったわ。働くってしんどい。辛い。

芸人時代、金も無くて売れたくて必死だったけど、あの時がどれだけ幸せだったか気付いたよ。だってさ、芸人って好きでやってんだもんな。売れたくて好きでやってんだもん。

俺、自分より後輩のやつが先に売れて、偉そうにされて辛い……とかこの日記に書いてたけど、「好きなことをやれてる今がどれだけ幸せか分かってるのか⁉」って、あの時の自分に説教してやりたいよ。

働いてて、たまに喉まで出かけちゃうんだ。「俺は好きでこんな仕事してんじゃねえよ」って。でも、そうなんだよな。世の中の人のほとんどが好きでやってる仕事じゃねえんだよな。多分。仕事は仕事なんだよ。

それが仕事だってことに気づくまで何年かかってんだよ、俺。

でも、今の俺には久美と娘がいるからさ。

娘が生まれた時、番組のロケで海外行ってただろ。あの時はエチオピア。

久美とはほとんど連絡も取れない状況だったんだけど、予定日の時だけはディレクターさんに頼みこんでマメに電話させてもらえる状態にしててさ。

でも、娘が生まれた時間、俺、ロケで馬に小便かけられてたんだぞ。

すげーだろ！　娘には絶対言えないけどな。

名前は田中からもらった名前辞典を参考にして決めてあったんだ。

あれ役に立ったわ。ありがとうな。名前は恥ずかしいからここに書くのはやめとく。

別にいやらしい名前とかじゃないからな！（わかってるか……）

今、仕事でどんだけしんどくても、久美と娘のためだって思えばがんばれるんだよな。

すげーな家族って。

お笑いっていう夢の代わりに家族ができたんだな、俺には。


居酒屋で仕事しててキツいのが、なまじっかテレビに出ちゃたもんだから、酔っぱらった客に「お前、変な格好して旅してたやつだろ」とかたまに言われること。「おもしろいことしろよ！」とか言われたり。そういう時はグッと我慢。

そうそう、こないだ『あの人は今』的な番組の取材の依頼が来てさ、電話でスタッフと話したんだ。「人気絶頂のお笑いコンビ〝タナフク〟の田中の元相方が今、居酒屋で働いてる……的なロケをしたいんですけど」って言われて、俺、断ったわ。断った瞬間、向こうの態度がふてぶてしくなったけどな。

そうだよな……お前は人気絶頂なんだよな。俺、1回だけ、ここをクビになりかけたことがあったんだ。樋口の野郎(ムカつく大卒社員な)が、去年の忘年会でさ、酔っぱらって、いきなり「元お笑い芸人の甲本ちゃんに、何かひとネタやっていただきましょう」とか言いやがってさ。俺がマジで無理だって拒んだら、「どーせ現役時代も大したネタしてなかったんでしょ」って言われて腹立ってさ、殴っちまったんだ。

俺のことはよかったんだけどさ……。なんかイエローハーツを……っていうか、お前のことをバカにされた感じがしてさ。

俺はこんなんだけど、お前は今、バリバリ売れてがんばってんのにさ。

でも田中、お前は本当にすげーよ。

うちの店に来る客、よくタナフクの話してるぞ。「タナフクって超おもしろくない!?」って聞こえてくると、なんか俺まで嬉しくなっちまう。

うちの若いバイトが教えてくれたんだ。今日からタナフクの深夜番組が始まるって。1回目はなんとしてでも生で見たかったんだ。だから体調悪いってウソついて、早退してきた。番組始まる時、久美は気を遣ったのか、風呂に入っててさ。ひとりでなんかそわそわしてた。緊張もした。なんでだろうな……。

おもしろかったよ。

本当におもしろかった。

おめでとう。夢だったもんな。冠番組。

やっぱ田中はすげーよ。才能あんだよ。さすが俺が認めた男だ(俺が認めても何にもなんねえけどな……）。

そんで、なんか見たあと興奮しちゃって、寝れなくなっちゃってさ……。急にこの日記が見たくなって、久美が寝たあとに引っ張り出して見始めちゃったんだ。今まで何度も捨てようと思ったんだけど、どうしても捨てられなかったこの日記……。書かなくなってから初めて読み返したんだ。2年ぶりに。そしたら勝手にひとりで5冊目書き始めちゃったよ……。痛いだろ、俺。自分の分だけじゃなく、田中のところまでひとりで書いちゃってさ。

俺とお前で売れたこと想像して書いちゃって。駄目だな〜、俺。

未練断ち切ったはずなのにな〜。

何してんだろうな。

妄想日記は終われたけど、まだひとりでこの日記書いてる。お前が読むはずないのに。

でも、いいんだ。

せっかくだから、今日は書こう。

いいだろ？

今日はあれから2年後の4月15日。

お前の冠番組が始まった記念すべき日だ。

この日記、読み直しててさ、何度も吹き出しそうになった。

駄目だな、俺。アホだわ。こんな日記を無理矢理始めて、自分勝手なことばかり言って……。

一生懸命ネタ書いてるお前に、あるあるネタが古いなんてよく言えたよな、俺！

コンビ名変えて、「ん」付けようとか、アホだな俺！

コンビにキャラがないからサングラスかけろとか、リーゼントにしようとか、馬鹿だな俺！

っていうか、よくキレなかったなお前！

いつ解散を突き付けられてもおかしくなかった。我慢してくれたお前に感謝だな。

アホな俺に付き合ってくれて、本当にありがとう。

あ、こないだ、お前が働いてたTSUTAYAに行ったんだ。なんとなく行ってみたくなっちゃった。今の家からは近くないんだけどな。

お前いなかった……当たり前だよな。人気絶頂のタナフクの田中が働いてるわけないもんな。だけどな、いないと分かってながら、1パーセント期待してる自分がいたりしてな。

行ってみて、むなしくなるの分かってるのに行っちゃった。失恋した女みたいだろ？

帰りに世田谷公園にも寄ってみた。

笑軍天下一決定戦の前、ずっとあそこでネタ合わせしたな。クリスマス・イブの日も。

最後の漫才をやったのもあそこだった。

あとな、黄色のリストバンド。

引っ越す時に捨てようとしたら、久美が「これは取っておこう」って。だからテレビの横に飾ってある。お前との思い出で残ってるモノは、この日記とリストバンドだけだ。

もし娘が大きくなって、「これ何⁇」って聞いてきたらなんて答えようかな……。

それと、10月19日に書いてある言葉。

中学の時に先生に言われた言葉。「やろうと思ってる人は一杯いて、それを実行に移す人はほんの一握り。『やろうと思ってた』と『やる』の間には実は大きな川が流れてる」。

俺がお前に書いた言葉なのに、なんかこれ見て励まされちゃったわ。

俺は芸人をやった。「やろうと思った」じゃないもんな。「やって」駄目だったんだから仕方ないよな。改めていい言葉だな、これ。将来娘にも言う時があったらいいな。

これを言う時はかなりカッコよく決めたいけどな。

あと、あそこも好きだったわ。3冊目の1月に入ってすぐ、お互いをほめ合ってるところ……。くだらねえな……。

よし、せっかくだから俺がお前をほめてやる。

相変わらずいい福耳だ。

オーラ出てきた。

ボケが前より分かりやすい。

いい笑顔してる。

何よりおもしろい！

超おもしろい！

若手ナンバー1とは本当だ！

……こんだけほめれば十分だろ⁇

ただ、あの頃と違って、俺をほめてくれる人がいないから自分でほめるぞ。

——今のお前はがんばってる‼——


あ〜、さすがに眠くなってきた。

久しぶりに書いたら、なんかスッキリできた。

やっぱ、この日記やってよかったわ……。

4月20日　田中へ

ダメだわ。やっぱダメだわ。

こないだこの日記書いちゃってからずっとモヤモヤしてることが1個ある。

お前が絶対に読むことがない日記なのに、なんかこれ書かなきゃ成仏できないっていうか、この日記終われない気がしてさ。

だから、これだけ書かせてくれ。最後の1回。本当に今日で終わり。

終われよ、俺！（自分に言った）

なんでモヤモヤしてたかって言うと、田中、お前に隠してることがある。

笑軍の本戦が終わって、BBの橋本が逃げてあいつらの解散が決まったあと、2月7

日だった。中山社長からいきなり電話が掛かってきた。至急会いたいって話だった。しかも「田中には内緒で」って言われた。なんか分からないけど胸騒ぎがした。嫌な胸騒ぎ。

事務所の近くの喫茶店に呼び出されて、そこには社長しかいなかった。あとから考えたら、貸し切りにしてたのかもしんないけど。

俺はテーブル席に座る社長の対面に座った。胸騒ぎを抑えて、普通に挨拶するのが精一杯だった。会った瞬間、社長、なんかいつもと雰囲気全然違うのが分かったんだ。笑顔のつもりだけど、なんか怖いっていうか、堅いっていうか……。俺が到着するだいぶ前から待っていたんだろうな。タバコの吸い殻が何本もあったのを覚えてる。

俺が座るとすぐに社長が聞いてきた。「借金、増えてるんだって?」って。いきなり金の話だった。紺野さんに借りてることとかも全部知ってた。借金が返せてないことを心配する感じだった。いきなりそんなこと言われて、胸騒ぎがでっかくなった。なんか怖くなって、怖さを振り払う感じで聞いた。

――社長、どうしたんスか? なんで俺、呼んだんですか?――

そしたら、中山社長さ、吸ってたタバコを灰皿でもみ消して、俺にいきなり頭下げて「すまん」って。そのあとに言ったんだ。

――イエローハーツを解散してくれ――

意味分からなかった。そしたら続けてこう言った。

――田中の未来のために――

その言葉を聞いて、自分の胸騒ぎの理由が分かった気がしたんだ……。

もちろん腹立ったよ！　いくら社長とはいえ、コンビ間のことまで口出しされる筋合いはないだろ？

でもさ、腹立ったけど、なんか言葉が出てこなくてさ、どうしていいか分からなくなって、笑ったんだ。

冗談やめてくださいよ的な感じでごまかしたかったのかな……。

とにかく笑った。っていうか、笑うフリしてた。

だけど、笑うフリには限界があってさ……だんだん笑えなくなってきて、頭下げ続けてる社長に理由を聞くしかなくなったんだ。

理由なんか聞きたくなかったよ。聞いて、もし俺が納得するしかない理由だったらどうしようもないだろ？　でも、俺が笑えなくなって下向いて、社長も頭を下げたままで……そしたら空気読めない店員が近寄ってきて、「ご注文は？」なんて聞いてきやがってさ。下向いたまま「コーヒー」って注文してさ、その言葉出したついでに聞いたんだ。「本気ですか？」って。

社長、顔上げてさ、頷いてた。

そしたらさ、喫茶店の扉が開く音がして、もうひとり入ってきたんだ。

川野さんだった。

驚いたよ。でもぶっちゃけ来るような気もしてたんだ。

川野さんが入ってきた時に分かったんだ。今、社長にこの言葉を言わせたのは川野さんだって。

また川野さんだったよ！

俺たちにチャンスをくれたのも川野さん。だけど、お前を作家として誘ったのも川野さん。お前の才能を一番買ってたのも川野さん。

川野さんはすぐに空気を察して、社長が俺にどこまで話をしたのか分かったみたいだった。

キャップを脱いだ川野さんは、俺の目を見て言った。「オレは今から人として君を傷つけるようなことばかり言う。でも聞いてほしい」って。俺は下を向いたまま何も言わなかった。

っていうか、どうしたらいいか分からなかったんだ。

そしたら、「ＢＢの福田とイエローハーツの田中が組んだら最高のコンビになると思う」って。

一番言われたくない言葉だった。

殴りかかりたかった。すぐにでも机をひっくり返してやりたかった。

だけどできなかった。

川野さんは説明を始めた。医者が薬の説明をするかのように淡々と。

笑軍が終わって、ＢＢの橋本が逃げて、福田がひとりになって、ＢＢのマネージャーの篠田が川野さんに相談したらしい。実は福田も自信なくして、芸人やめようかって悩みだしてるんだって。

そこで川野さんは思ったんだ。福田と田中が組んだら最高のコンビになるって。もしふたりがコンビを組めたら、川野さんの全ての力を使ってふたりを売り出す番組を作りたいって考えた。でも、そのことを田中に提案してもＯＫするわけがない。

そんで、俺のところに言いに来た。

川野さんは芸人が好きだ。だから、今コンビやってる芸人に「解散しろ」なんてことを言いに来ることがどれだけあり得ないことか分かってる人だ。でも、川野さんは言ったんだ。「コンビの芸人は沢山いるけど、ふたりが組んだらテレビ界で久々に大きな夢を見させることができるコンビになるかもしれない」って。

じゃあ、イエローハーツじゃ夢見せられねえのかよ‼　って言ってやりたかった。

でも、言えなかった。なんでだと思う？

川野さんは下向いてる俺に優しく言ってきたんだ。

――笑軍負けたあと、本当は解散、考えたんだろ？――

そのひと言が全てだった。

俺、本気で考えてたから。笑軍負けたあとから、ずっと考えてたから……。

俺が川野さんに殴りかかれなかった理由。

自分の力の限界を感じてたからだ。

田中。俺は足を引っ張ってばかりだった。

ごめんな。

ごめん。

川野さんがお前の才能に惚れてるのも分かってた。怖かったんだ。俺ひとりが取り残されていくような気がして。

前説のあととかも、川野さんがお前だけにこそこそってアドバイスしてるのを遠目から見てドキドキしてたんだ。「解散したほうがいいぞ」って言ってたらどうしようって思ってた。

田中は俺と組んでなければもっと早く売れてた。だってそうだろ？　M‐1の時も、俺が噛んでさえいなければ上に行ってたはずだ。

あんなミスしておきながら、笑軍でスピード上げようなんて調子こいた提案した。そんで自分で噛んだ。

俺がお前だったらぶん殴ってたはずだ。自分で提案して自分で噛んで何してんだよ！って掴みかかったと思う。

なのに、お前はネタが終わったあと、俺が2回も噛んだの分かってるのに「最高の出来だったね」って言ってきた。ひと言も攻めなかった。

殴ってくれたほうが楽だったよ……。

励まされるのは辛かったよ……。

あの時、自分の中で明らかになった。やっぱり俺がお前の足を引っ張ってるんだって。

あの日、家帰ってさ、久美のパソコン借りて、ネットで見てたんだ。笑軍をずっと見てたお笑い好きのファンサイトみたいなやつ。イエローハーツのこと結構書いてあったんだ。そしたら、そこに「あのコンビはボケがツッコミにレベルを合わせてる」って。

「ボケの田中はあんな漫才をしなくてももっといい漫才ができるはず」って……。

そのとおりだと思った。

俺は気付けなかったけど、田中はずっと俺に合わせてくれてたんだよな。

あの漫才できた時に「発明した!!」って思ったけど、俺のレベルにあったものができただけだったんだ……って気付いたよ。気付けたよ。

1月24日の営業、俺、飲んですっぽかしたって書いたけど、違うんだ。

起きてた。

怖くなったんだ。営業行って漫才やって、お客の中に「ボケがツッコミのレベルに合わせてる」って気付いてる客がいたらどうしようって……。そんなこと考えたら怖くなってきたんだ。

だからあの日サボっちまった。

田中はどう思ってた？

俺がお前の足を引っ張ってるって気付いてたのかな⁇

気付いてたよな。

お前は優しいもんな……。

福田の才能だって、実は俺が一番分かってた。

最初は俺のツッコミの真似してると思ってムカついたけど、BB組んでからのあいつのツッコミ見たら、俺よか全然上手くなってたし、あいつはあいつなりに色んなプレッシャー受けて死ぬほど練習したんだって分かった。

喫茶店で川野さん、ずっと下向いてる俺を見て言ったんだ。

――今、田中と漫才やってても辛いだろ――

全部見抜かれてた。分かってたんだな、あの人には。

俺さ、頷いちゃった。「はい」って。

下向いたまま頷いたら、涙が出てきて止まらなくなってさ……。

今まで流したことないくらいの涙が流れてきちゃってさ、声も出ちゃってさ……。

大人になってもこんだけ涙が出ることあんだなってくらい涙が止まらなかった。

なんであんなに涙が出たんだろう。

悲しかったから？

辛かったから？

違うんだ。

なんか楽になれたからだったんだろうな。

今まで誰にも言えなかった自分の思い。

それを川野さんが言ってくれて、なんか重い荷物を降ろせたっていうか……。

だから涙流しながら、俺、川野さんに何度も「ありがとうございます」って言ってた気がする。楽にしてくれてありがとう……って意味だったのかな。

俺はその日、解散することを決めた。

次の日、社長にまた呼ばれた。

具体的な話だった。「オレはお前にも才能はあると思う。お前に合う仕事も用意するから」って言われた。芸人が世界を回る番組のオーディションを受けてほしい、それはそれでお前にとって大きなチャンスになるからって。受かるようにがんばろうなって。

でも分かってた。

俺がそのオーディション受ければ、必ず受かるようになってるって。川野さんのいる局だし、話がついてるんだろうなって思った。

分かってた。

俺が解散するって言ってもお前が簡単にOKするわけない。だけど、俺がひとりで1年以上も海外に行きっぱなしになる仕事を選んだら、お前も諦めるだろうって考えたんだろうな。

よくできたストーリーだと思った。

でも、一番でかかったのは、社長が俺のギャラを保障してくれたことだった。

1年間日本にいれないし、出産にも立ち会えない、子供が生まれてもすぐに会うことはできない。

だけど、金がもらえる。

子供が生まれてくる俺にとっては、その選択肢しかなかったんだ。

オーディションを受けに行ったら、案の定すぐに受かった。

全ては整った。

そして日記の2月13日、俺はお前に解散を提案したんだ。

あの時は、もう全てが決まってた。


3月31日に解散したな。イエローハーツ。

俺が日本を旅立ったのは4月7日だった。

俺は俺で思ったんだ。絶対この番組でスターになってやるって。

『電波少年』で色んなスターが出たみたいに、俺もああなってやる!! って。

本当にディレクターひとりと俺ひとりのふたりきりのロケでさ、世界中を船とバスと電車で回るんだ。俺のキャラは侍で、髪の毛はドレッドヘアー。ドレッド侍。だけど、途中でキャラが弱いからってどんどんキャラ乗せられて、サングラスとかふんどしとかして。俺がディレクターに「キャラ乗せすぎじゃないですか?」って聞いたら、「これくらいがいいんだよ」って言われてさ。俺らのネタみたいだよな(笑)。

色んな国を回ってさ、アポなしで、結婚式にいきなり参加させてくれってお願いしてさ、自分なりには必死にがんばってみた。

だけど、テレビってシビアだよな〜。放送したら視聴率が悪いってことになって、途中からどんどん企画が変わったんだ。

猛獣に会ったり、山を登ったり、どっかで見たことあるのばっかりやらされて。

でも1年近くやったけど、全然人気出なくて……。番組自体が終わっちゃって。

1年ぶりに日本に帰ってきてさ、空港で社長、待っててくれたんだ。社長がさ「また川野さんと話してなんかのオーディション受けさせてもらうようにするから」って言ってくれたんだ。俺もがんばるしかないって思ってた。

でも、数時間後に考えが変わった。

家帰ったら久美が子供抱いて出迎えてくれた。

言葉が出なかった。

だって久美が俺の子供を抱いてるんだもん。

久美が母親になってるんだもん。

ってことは、俺も父親になってんだもん。

久美を抱きしめた。そんで、娘を初めて抱きしめた。

小さかった。

温かかった。

会えなくてごめんな……って言いながら思いっきり抱きしめた。

笑軍の予選に勝って以来、初めて本気で心から幸せだと思えた。

絶対こいつを幸せにしてやるって思った。

娘は泣いてたよ。そりゃそうだよな。今まで会ったことないおじさんにいきなり抱きしめられたんだもんな。久美が横で「パパだよー」って言ってくれた。


でもな。

なんだろ。こういうのって。神様は俺の人生をちょっと楽しんでるのかな……。

そんな神様がいるんだとしたら暇な神様だよな。だってあまりにも、いいタイミングだろ？

俺が1年ぶりに日本に帰ってきて初めて娘を抱きしめた時だよ。

テレビの音が聞こえてきて、ナレーションが言ったんだ。「今、一番勢いのある超人気コンビ！」スタジオの客がすごい歓声だった。出てきたのがお前だった。そのあとに出てきたのが福田だった。

マイクの前にお前と福田が立った時に、テレビに「タナフク」ってコンビ名が出た。

ふたりの間にさんぱちマイクがあって……。

福田が喋り始めて、お前がボケて、福田がお前の頭をはたいてツッコんで……。

スタジオに大爆笑が起きた。

久美がテレビを消そうとしたから、俺は「消さないで」ってお願いして、娘を抱きしめたまま、日本に帰ってきてお前の新しいコンビの漫才を初めて見た。

おもしれえじゃねえかよ‼　って思った。

だって、お前らの漫才、始めて1年経ってないのに、最高にテンポいいんだもん。

ツッコミのやつが噛むこともなく、最高にコンビネーションいいんだもん。

司会のベッキー、大爆笑だもん。

笑ったよ。

お前らの漫才見て、笑ったよ。

笑ったけど、泣けてきちゃったよ……。

だって、田中にはもう本当に俺はいらなかったんだもん。

お前は俺と別れたことがやっぱ正解で、お前の横には俺の入る隙間はなくて、日本に帰ってきた時にちょっとでも田中と組むこととか考えてた自分もいて、でも、テレビの中には現実があって……、ほんの数分の漫才の間に諦めがついた。

だって俺の腕の中には俺がこれから守らなきゃいけない最高の宝があってさ……。

おもしろくてよかったよ。

お前らの漫才が本当におもしろくてよかった。

だっておもしろくなきゃ諦めつかねえだろ！

俺とやったほうがいいじゃんって思っちゃっただろ。

諦めついて、笑いながら泣いちゃってさ……。

俺、ようやく覚悟できたんだ。

娘を抱きながら久美に言ったんだ。「俺、芸人、やめるわ」って。

そしたら久美、泣きながら言ってくれたんだ。「お疲れ様でした」って。

お前が諦めさせてくれたんだ。

俺の夢を諦めさせてくれた。

不思議だよな。

一緒に夢見てきたやつの漫才見て、自分の夢の諦めつくんだから……。

そうして俺は今、居酒屋で働いている。

ちなみに今の俺の夢はな、自分の店を持つことなんだ。小さくてもいいから、久美と一緒に店をやって、毎日お客さんと楽しく喋って、日ごろの悩みを聞いてあげられるような店。

そんな店ができたらいいなと思ってるんだ。だからそのために、久美もちょっとずつお金を貯めてくれてるんだ。

店やったらお前も1回くらいは顔出してくれよな。サイン書いてもらっちゃおうかな。今、うちの居酒屋にバイトでミュージシャン目指してるやつがいるんだ。「絶対売れたいんです」って俺に熱く夢語るんだ。そしたらさ、樋口の野郎は平気で言うんだ。「諦めろよ！　無理、無理」って。で、俺の目を見てニヤっと笑いやがるんだ。多分心の中で思ってるんだろうな。早く夢を諦めないとあんな風になっちまうぞって。

将来、俺が店をやったら、夢を持つ若いやつとかも沢山来てくれたらいいなと思ってるんだ。夢を諦めた俺だからこそ答えられることも沢山あると思うんだよな。

紺野さんが俺の悩みを聞いてくれてたように、俺にしか答えられないこともあるんじゃないかなって。

こないだこの日記読み返してさ、ドキっとする言葉が書いてあった。紺野さんが芸人やめる時に占い師に言われた言葉。

——夢を諦めるのも才能だ——

そうなんだよ。

夢を諦めることってすげーんだよ。

これ見て思った。

今、毎日働いてて、結局俺には何の才能もないんだな……って思うことがよくある。

10年以上がんばったのに、俺には芸人としての才能もなかった。

だけど、1つ才能あったんだよ。

夢を諦めることができたんだよ。

そうなんだよ。

夢を諦めることってすげーんだよ。

夢なんだぞ。

10年以上追い続けてきた夢なんだぞ。それを諦めたんだ。

すげーんだよ。

これってすげーんだよ。

だから俺には才能があるんだ。

夢を諦める才能。

これってすげーことだよな？

がんばったんだよ。夢のためにがんばったんだよ。

半年や1年じゃない。ずっとずっと追い続けてきたんだ。その夢を諦めるって半端なく辛いことなんだ。

正直、今だって完全に諦められたのかって言ったら、そうじゃないかもしれない。

だってうずくもん。体がうずくんだもん。

俺、この日記で1個ウソついてるんだ。
世田谷公園で最後の漫才した時、辛かった……って書いただろ？
辛かったのも本当だ。でもそれだけじゃない。
めちゃめちゃ楽しかったんだ。
これが最後だって分かってたけど、めちゃめちゃ楽しかった。
だから本当は「お前とまだやりたい！」って言いたかった。
でも言えなかった。言っちゃいけなかった。
あの時に周りにいた観客からもらった拍手のことを、今でもたまに思い出すんだ。
夢を諦めることに比べたら、パチンコ屋の営業だって、ストリップ場の営業だって、
めちゃめちゃ楽しい思い出だよ。
だって漫才できてたんだもん。誰も聞いてなくたって、見てなくたって、お前と漫才
できてたんだもん。
でももう、これを言うのは今日で最後にする。だから言わせてくれ。
漫才してーよ――！
お前と漫才して――よ――！
田中――！
田中と漫才してーよ――――!!
お前とマイク挟んで漫才してーよー！

俺のとなりでボケてくれよ！

そんで、お前の頭をツッコみてぇよ――――!!

お前と漫才してぇよ――――――――――――――――――――――――――――!!


……今日くらいは書いてもいいよな。

もう二度と言わない。

これで本当に俺は夢を諦める。

だって、何の才能もない俺でも、夢を諦める才能くらいは持っていたいからな！

この日記も今日で本当に終わり。

だから最後にもう1回だけ言わせて。

イエローハーツで漫才して――――――――――――――――――――――――――――――!!

タナフク　田中さんへ

高校生の私が、いきなりテレビ局の前で田中さんにこの手紙と日記を渡せているかどうか分かりません。

多分、警備員とかに止められるかもしれないけど、なんとかこの手紙と日記が田中さんの手に渡ってくれていることを祈って、書いてます。

私は今、高校3年生です。

ずっとずっと昔に田中さんとコンビを組んでいた甲本の娘です。

父と田中さんが書いていた交換日記を、昨日初めて読んで、父が昔田中さんと組んで芸人をやっていたことを知りました。

芸人をやっていたこと自体、知りませんでした。

父が芸人だったことにも驚いたし、田中さんと一緒にやっていたなんて、なんだか信じられません。


なぜ今日、私がこの手紙を書き、日記を届けに来たかと言うと、父が病気になったからです。父は一昨年の夏に肝臓癌になったことが発覚して、手術したけど結局、完治しませんでした。

余命1年と言われたんですが、薬のおかげもあって2年以上生きてて、父は「俺は不死身なんだな」とか言ってたけど、先月、急に息が苦しそうになり、そのまま入院して今ずっと呼吸器を付けています。お医者さんからは、いつその時が来てもおかしくない、と言われています。覚悟はしていましたが、その瞬間がすぐそこまで来ていると思うと、やはり怖くなるものですね。

母はこの2年間、私の前ではずっと明るく元気にしてました。「人はいつか死ぬんだから！　パパは人よりちょっと早いだけ」って。とくにここ1ヶ月は明るくて……。でも昨日、「お別れに備えて、今のうちに部屋の片付けもしておかなくちゃ」って言ったきり部屋からずっと出てこなかったので心配して覗いたら、父とのアルバムを見て、泣いていました。

母が病院に行くと言ったので、こっそり部屋に入ってみました。普段、私はほとんど入ったことのないふたりの部屋。片付けてる途中だったから、色んなものがあって、そこに見つけたんです。

表紙に「イエローハーツ」って書かれた、古いノート。全部で5冊ありました。

見つけた時にドキドキしました。なんか私が開いちゃいけないもののような気がして。

でも、見ちゃいました。

読みました。

全部読みました。

そして知ることができました。

父が芸人をやってたこと、テレビで大活躍の田中さんとやってたこと、芸人を諦めたこと……全部知りました。

あと、私が生まれた時、父は馬のおしっこを浴びてたことまで（笑）。

最後まで読んで、思いました。

父は本当は、これを田中さんに読んでほしいんだろうなって。


今からちょっとだけ、私から、私の父のことを書かせてください。

父は7年前から三軒茶屋でお店をやってます。

小さな居酒屋だけど、お母さんが料理を作ってて、全部絶品です。

父はここに来るお客さんと毎日、夢について熱く語ってます。時には喧嘩になったりすることもあるんですよ。

夢を諦めたからこそ、夢に対しての思いが強いんですね。

父は私の夢に対する思いもすごかったんです。

うちは他の家に比べるとあんまり裕福ではありません。だけど、私が小さいころピアノを習いたいと言うと、無理してでもピアノを習わせてくれました。さすがに家が小さいからピアノは買えなかったけど、無理してキーボードを買ってくれました。

来年から音大にも受かって通えることになりました。

最初は音大に行くのはお金的に厳しいから諦めようと思ったんですが、父が「金で済むなら夢を諦めるな！」って。「俺が死んだら保険金も入るしな」癌になっても、笑いながらそんなことを言ってくれて。

とにかく父は昔から私に繰り返し言いました。「夢を諦めるな」って。

一度、父が学校に乗り込んで先生をお説教したことがありました。

先生が私に、「音大とか考えずに普通の大学行ったほうがいいんじゃないか？」と提案したからです。

父はカンカンに怒って、「夢見てる人間を応援しないやつが教師なんかやるな!!」と先生の胸倉をつかんで大問題になったんですよ。

父が昔から私に言い聞かせてたことは「夢を諦めるな」ってことと、テレビを見てタナフクが出るたびに「こいつらが一番おもしろい」と言ってたことです。

父はタナフクの出てる番組を必ず私に見せてました。

田中さんが喋るたびに笑って「こいつ、おもしろいだろ!!」って何度も言うんです。なんか自慢するように言うんです。なんでそんな自慢げに言うのか、当然理解はできなかったんですけどね。

だから私、子供のころからタナフクの出てる番組、全部見てるんですよ。

一度だけ父がすごく酔ってる時にテレビに映ってる田中さんを指さして言ったんです。「こいつ、俺と漫才やってた」って。

本当だったんですね。

イエローハーツ。

田中さんがボケて、父がツッコむ……この日記を読んだ今でも、なんだか信じられない気持ちです。

まだテレビの横には黄色のリストバンド、飾ってあるんですよ。

かなり色が変色しちゃってますけど……。

一度聞いたことあります。「これ、何？」って。そしたら父、なんて言ったと思います？

――昔の彼女みたいなやつとの思い出かな――

それ聞いて「そんなもの部屋に飾って、お母さん、嫌じゃないの？」って聞いたら、母も「その刺繍入れたの、わたしだよ」って言ってたんです。

あの時は全然意味が分かりませんでした。

でも今は分かります。

病院には沢山の人がお見舞いに来てくれます。

父のお店の常連さん達です。

みんな父の病状を分かってます。

だから、父の前ではバカな笑い話しかしないけど、みんな、病室出ると泣いてます。

父が、夢を追いかけてるみんなの悩みや不安に本気でぶつかっていたから、みんな涙を流してくれるんですね……。


この日記の最後に、父の夢が書いてあります。

夢を諦めた自分にしかできない居酒屋をやること。

父の夢は叶ったんですね。

本当によかった。

あ、あと、この日記に書いてあったあの言葉。父、私に言ったことがあります。『やろうと思った』と『やる』の間には大きな川が流れてる」って。私が音大を受けようかどうか悩んでる時に言いました。言ったけど、途中で噛んじゃったから、言われた時はよく分からなかったけど、日記を見て分かりました。

本当、大事な時に噛んじゃうのは昔から変わってないんですね。


こんな手紙を書いて、この日記を私が田中さんに渡しに行ってることを父も母も知りません。あとで知ったらすごく怒られるかもしれません。

父の性格からして、今さら田中さんに合わせる顔がないと思っているに違いないですから。母も父から強く止められてるんだろうと思います。「入院してることはもちろん、俺が死んでも絶対に知らせるな」って。

だけど、この日記はこのまま終わっちゃいけないいんじゃないかって思うんです。せめて田中さんに読んでほしい、父の思いを父がまだ生きているうちにどうしても伝えなきゃいけないって。

今朝、事務所の担当の人に電話してみたんですが、何度掛けても途中で電話を切られてしまうので（当たり前ですよね。こんなこといきなり電話で言われてちゃんと聞いてくれるほうがおかしいです）、この日記をこうして直接お渡ししに来ました。


昨日の夜、この日記を全部読んだあと、私は父の病室に泊っていました。父は私の名前を呼んで、いきなり呼吸器を外して言いました。

――夢を諦めるなよ――

私が「分かってるよ。諦めない」って言ったら、苦しいのに続けて言ったんです。

――もし夢を諦めてもいい時があるとしたら、その夢を諦めてでも幸せにしたい人ができた時だからな――

父が夢を諦めてでも幸せにしたかった人は、私と母と。
田中さんだったんですね。
この日記を田中さんが読んでくれていますように。
それと、最後に。私の名前と父がやってる居酒屋は同じ名前なんです。
「黄染」って書いて、「きいろ」と読みます。

甲本黄染

6冊目

3月29日　甲本へ

久しぶりです。本当に。

あなたの娘さんから渡された日記、読ませてもらいました。

じっくりと。

感想を言わせていただきます。

ムカつきました。腹が立ちました。

怒りが込み上げてきました。

あなたの娘さんが良かれと思って僕に渡したことは十分理解できています。

あなたが5冊目を、僕が読まないと思って書いたことも分かります。

だけど、それを読み、あなたの気持ちを知って、余計に怒りが込み上げてきました。

僕はあなたと違うので、これを娘さんに渡したり、あなたの病院に持って行くこともしません。

いまさら、病気で死にそうですとか言われても、会いに行く気もしません。

葬式も行きません。

だから、この日記をあなたが読むことはないと思いますが、腹の虫が治まらないので、ここに書きます。

そして、あなたが死んだら、墓を調べて、そこにこの日記を叩きつけに行ってやります。


今、僕はタナフクとして、かなり売れています。

知っていると思いますが、ゴールデンで3本の冠番組と、深夜に1本番組をやってて、これからもう1本新しいトーク番組が始まります。

年収もあなたが想像するより、ずっとずっと高いです。

本気で思います。福田と組んでよかったと。

あのままあなたと組んでいたら、いつかどこかでふたりして芸人をやめていただろうし、そこから仕事を探したとしても、貧乏暮らしの、しがないおっさんだったでしょう。哀しい人生を送ってたことでしょう。あなたみたいに。

あなたの人生はどうだか分かりませんが、僕は幸せだと言い切れます。

だってそうでしょ？　仕事もプライベートも上手くいってるんだから。

あなたも知ってる麻衣子（宇田川さんのことです）と結婚して、13年目。目黒に家があります。でかいでかい家です。キャッシュで買いました。

自慢して申し訳ありませんが、本当にあなたと解散してよかった。

あなたが解散を切り出してくれたおかげで、今の僕がここにある。

でもお礼は言いませんよ。

言いたくもありません。

分かるでしょう⁇

この日記を読んで、あなたの本当の思いを知りました。へ～、そうだったんだと思いました。

僕のために夢を諦めた⁇

海外に行った？

上手くいかないこともなんとなく分かってた⁇

ふざけんなよ‼


お前から一方的に解散切り出されて、俺がどれだけしんどい思いをしたか分かってるのか⁉

お前だって辛かったかもしれない。

世間的に見たら、俺は勝者、お前は敗者。

だけどな、ハッキリ言える。俺のほうが辛かったし、必死にがんばった。

「海外ロケが決まったから解散する」って言われてな、ライバルだった福田とコンビ組まされて、どんだけ辛かったか分かってるか⁇　10年以上やったコンビ解散して、自分より年下で才能あって、しかもライバルだったやつと組まされて人を笑わせる辛さ、お前にだって分かるだろ⁉　ふざけんなよ！

だけどな、福田でよかったよ。

福田でよかった。

お前と解散してから何日かあと、川野さんに呼び出されて、「福田と組んでやり直さないか?」って言われてさ。俺は「少し時間をください」って答えたんだ。

断るつもりだった。

でも、その日の夜、福田が突然俺の部屋へ来たんだよ。そんでな、いきなり土下座したんだ。泣きながら。「僕と組んでください」って。「お願いします」って。その時には一言も答えられなかったけど、心動くよな。あれは。

だから、とりあえず、やってみようと思えた。

お前に逃げられてやることもないし、1年だけチャレンジしてみようと思った。

タナフクとして。

やると決めてからは、今までのイエローハーツの漫才のネタもパターンも全部捨てたよ。

またゼロから始めたんだ。

毎日ふたりで集まってネタを考えた。あいつ俺より年下だけどな、普段はお互い敬語で話してる。お前とはいつどこで会っても緊張感なかったけど、福田とは違う。会った瞬間、仕事のスイッチが入る。緊張感がある。

あの頃の俺と福田にはあとがなかった。だから必死にネタ考えたし、川野さんの番組でも、どうやってふたりで喋ろうか何通りもシミュレーションして臨んだ。

辛かったよ。年の差があるからコンビネーションもすぐにできるわけない。

だけど、番組に出て最初に漫才やった時、ウケたんだよ。

次もウケた。

その次もウケた。

ネタ以外の時もどんどんふたりで喋れるようになってきた。

タナフクでいることがだんだん楽しくなってきた。

お前は海外でどんどん辛い思いになっていったかもしんないけど、俺はどんどん楽しくなってってたんだよ、タナフクが。皮肉だよね、今考えると。

半年が経つ頃には違和感も無くなってた。っていうか、最初から福田と組んでたらもっと楽に早く売れたのにって本気で思ったよ。あんな侘しい思い、しなくて済んだのにって。


福田はいいよ。

絶対漫才でも噛まない。

顔はカッコいいのに、おもしろい顔もできる。

声もお前より全然通りがいい。

運動神経よくて動き笑いも取れる。

ネタ合わせ、サボらない。

ネタをすぐに覚えてくれる。

ネタも一緒に作ってくれる。

そして何より漫才をして毎回ウケる。

お前とやってた時とは全然違う。

本当にタナフクになってよかった。


俺の中ではお前とのコンビ……ここに書くのも嫌なんだけど、イエローハーツは無かったことにしてる。だから、俺の過去をイジる番組とかでもイエローハーツの過去は出さないようにしてもらってる。

なぜなら、お前に腹が立ってるからだ。

だって、そうだろ？　なんで福田とコンビ組んでがんばってこれたか？

お前への怒りだよ。

いきなり解散告げられて、自分は番組が決まったとか言って海外行っちゃって、そんなお前への怒りでやってきたからだ。

でも、その怒りはもっとでかくなった。お前の書いたこの日記読んで。

なんでか分かるか⁇

結局この日記全部読んだらさ、お前の行動が正義みたいになってるからだよ。

第三者が読んだら、お前の美談みたいになってるからだよ。

お前は正しくなんかないよ！

ひとつも正しくないし、カッコよくもない。

お前はそうやって自分のみじめさを打ち消すために、自分の取った行動に意味を付けて、自分のおかげで俺が売れたってことで自分の人生にも意味があったって、決着しようとしてるんだ。何が俺の出てるテレビを全部見てるだよ。見て欲しくもないよ。読まなきゃよかった、これ。

娘の名前が黄色く染めて「きいろ」って、いつまで引きずってんだよ。

今を生きるよ、俺は。

リストバンドとか、ここに書いてあったの思い出して、本当に嫌な気持ちになった。


よかったな。癌になって。

ここらで幕引きするほうがいいだろ。

この先、生きてても辛いだけだろうしな。

さよなら。

終わり。

さよなら。

本当に終わり。

タナフク　田中

3月30日　甲本へ

……終われないよ。

やっぱ終われない。

終われるわけない。

ごめんね、甲本。

別に甲本が生きてる間に読むわけでもないのに、ああやって書かないと自分が崩れちゃいそうだったからさ。

耐えられなくなっちゃいそうだったからさ。

ごめん、あんなこと書いて本当にごめん。


娘の黄染ちゃん。

甲本に似なくてよかったね。

かわいいよ。すごくかわいい。久美さんに似てる。

でも、ちょっとだけ、目もとが甲本に似てるね。

甲本、僕ね、知ってたよ。

甲本がここに書いてくれたこと。

やめた理由、知ってた。

解散する時までは知らなかったよ。

だけど解散決めたあとにさ、中山社長が全部僕に教えてくれたんだ。

甲本の気持ち。どんな気持ちで解散しようって僕に言ったか。

……なんか変だな。甲本に本音で書こうとすると、「僕」ってなっちゃうな。40過ぎてるのに。でも、いいよね？


喫茶店だよ。甲本が中山社長に呼び出されたあの喫茶店に、僕も社長と川野さんに呼ばれて話したんだ。社長が教えてくれた。甲本が自分の力に限界感じてるのも事実だけど、それだけじゃないって。

僕のために解散をするんだって。

それを分かってやれって。そして、福田と組んでもう一度やり直そうって。

……そんなこと言われても納得できるわけなかった。

甲本が本当に僕のためにと思ってくれてるんだったら、甲本の海外ロケが終わるまで待ってようと思った。本気で僕のためにと思ってくれてるんだったら、僕が待ってたらまた組んでくれるはずだって。

だけど、社長に言われたんだ。

「あいつには家族ができるんだ」って。

お金の話も聞いた。

その時、なんか初めての感情だったよ。そうか、甲本には僕以上に大切なパートナー、家族ができるんだよなって。それを一番に守らなきゃいけないんだよなって。

だから納得するしかなかった。

社長も川野さんも僕に言ったよ。

――甲本のために福田と組むんだ――

どうしていいか分からなかった。だから僕ね、芸人やめようって思った。やめてもう1度コック目指して働こうって。

けど、あいつがその日の夜いきなり部屋に来て、土下座されて、心が動いた。

1年だけやってみよう、1年やってダメだったらやめようって。

でも、福田と初めてマイクの前に立った日に、やっぱ思った。

僕は漫才やりたいんだなって。

芸人好きなんだなって……。


福田とタナフク組んで、なんかどんどん状況が変わってきた。タナフクとして、引き下がれないところまできてた。

甲本が出てる番組は見なかったよ。っていうか、見れなかった。番組が打ち切りになるって話は、川野さんから説明を受けた。

川野さんも、甲本をフォローするための番組を探すって言ってくれた。

でもその後、中山社長から甲本は芸人をやめて働くって話を聞いた。

甲本が芸人をやめる。

僕は甲本の性格を知ってるつもりだった。

甲本は芸人としてしか生きれない人間だって。

だけど、なんだろう。社長から甲本が芸人をやめるって聞いた時、なんかホッとした自分がいた。

僕はズルい。

僕にはすでにタナフクとして引き下がれない状況ができちゃって、タナフクとして夢が叶い始めてて、もし、ここで甲本がもう1回僕の前に現われて、イエローハーツ組もうって言ってきたらどうしようって思っていたんだ。

最低だよね。甲本は僕の夢のために自分の夢を諦めたのに。

もし、甲本が日本に帰ってきて、僕のところに来て「もう1回イエローハーツやろう！」って言ったらどうしてたのか？　たまに考えるんだ。

たまに考える。

考えてみた結果、たぶん、僕はイエローハーツをやらなかったと思う。


僕はずっと自分に言い聞かせてきた。

甲本も芸人やめて辛いかもしれないけど、僕だって辛かったって。

僕のほうが辛かったって。

今は売れて冠番組もある。ＣＭだってあって、ＤＶＤも出せば売れる。

でかい家もある。たぶん、今仕事がなくなっても一生食べていける貯金もある。

だけどさ、こうなって初めて気付いたよ。

売れるって辛いんだね。

仕事がどんどん入ってきて、レギュラー番組が増えていってさ、そうするとさ、自分らは番組に出てるけど、何年か前まで仕事が多かった芸人さんの仕事が減っていったりさ。

こないだまで大人気だったはずのテレビ番組が急に視聴率悪くなって、一気に番組が終わっていった先輩もいた。

毎日怖くて仕方ない。おもしろければいいじゃん！　って思うのに、テレビだと視聴率で評価が決まる。顔には出さないけど、胃が痛む。

寝れなくてここ何年かずっと薬を飲んでる。

半年後には番組の視聴率が下がって、全部終わったらどうしようって毎日思ってる。

人気が無くなって、自分たちが出て行って喋ってもウケなくなったらどうしようって思う。

焦って、焦って、焦ってる。

いつからだろう。おもしろい若手が出てくると心からほめられない自分がいる。

……甲本、僕はダメだ。

どうしようもなくセコい人間になっちゃった。

毎日、焦る。

毎日が怖い。

そんで辛い。あれほど欲しかったものを手に入れたはずなのに。

だけど。
だけどね、甲本。
僕、間違ってた。
僕は辛いなんて言ってちゃいけないんだ。
この日記、頭っから読んで、思った。
僕の100倍、1万倍、1億倍、甲本のほうが辛いよね。
辛かったよね。
僕の辛さは、夢に向かっている辛さだった。
甲本は夢を諦めたんだもんね。その辛さ。
だから僕は辛いなんて言ったらダメなんだね。
ごめんね甲本。
本当にごめん。
甲本があの時、夢を諦めてくれたから、僕は今、芸人やれてる。
僕よりも甲本のほうが芸人でいたかったはずなのに。
なのに、ごめん。僕、辛いなんて言ってごめん。
たまにさ、ひとりで世田谷公園へ行っちゃうんだ。
甲本とネタ合わせした場所。
最後に漫才やった場所。

なんにも無かったけど、あの時のほうが楽しかったかもなんて思ってる自分がいる。

ごめん。

そんな風に傷ついてる自分を癒してくれた場所だなんて思えるのは、自分がまだ芸人をやれていて、仕事があるからなんだよね。

そんなことにも気付けなかった。


甲本……会いたいよ。話したいよ。

昔みたいに。

この日記にお互いの気持ちをぶつけ合って、腹立てて、悲しんで、笑い飛ばしたいよ。

もしイエローハーツのまま売れてたら、この日記続けてたかな？

続けてたら、今頃何冊目だったかな……。

黄色のリストバンド、まだちゃんと取ってあるよ。ずっと家にある。

タナフクとして売れて冠番組ができた時、1度だけ捨てようと思ったんだ。それが福田に対しての礼儀でもあるかなって思って。

そしたら麻衣子がさ、捨てちゃダメだって。「これは甲本さんが諦めた夢のかけらだよ」って。

だからずっと家に飾ってある。家にはイエローハーツがいるんだ。

あ、そうだ。僕がイエローハーツだったことを番組とかでイジらせないのは理由があるんだ。イエローハーツだったことを思い出したくないからじゃない。甲本がケジメつけて、芸人やめてがんばってるのに、それがテレビに出たら、甲本に悪いかなって。

そう思ったから。

僕はイエローハーツだったことを今も誇りに思ってる。

本当だよ。


甲本、僕をこの世界に誘ってくれてありがとう。

人前で漫才をやる楽しさを教えてくれてありがとう。

笑いを取る快感を教えてくれてありがとう。

ネチネチした性格の僕とずっと組んでくれてありがとう。

僕のために夢を諦めてくれてありがとう。

ありがとう。

ありがとう。

ありがとう。

本当は今すぐにでも会いに行きたい。

行きたいけど、行けないよ。

甲本に会って、どんな顔していいか分からない。甲本だって僕が見るつもりで日記の続き、書いてないもんね。

甲本の中では決着してるもんね。僕とのこと。

だから会わないほうがいいんだよ。

葬式には行くから。
葬式には行って、この日記、棺に入れるからさ。
それじゃないと我慢できないよ。全部が。
生きてる甲本に会ったらさ。
会ったらさ、自分の人生を後悔しそうでさ……。
あの時、甲本のこと、引き止めればよかったたって。解散しなきゃよかったたって。
甲本だって、僕のために夢を諦めてくれたのにさ。
誰かのために自分の夢を諦めるってすごいよ。
すごい。
親でも兄弟でもないのに……。
甲本と漫才がしたい。
漫才がしたいよ……甲本とさ。

こんなこと書いてて、福田には申し訳ないと思う。
だけど、甲本と漫才がしたい。
福田と違って、甲本は本当によく噛むよ。
おもしろい顔は福田のほうが上手い。
声も福田のほうがいい声してる。
動き笑いも福田のほうがよくできる。

甲本はネタ合わせ、よくサボるけど、福田はサボらない。

福田はネタをすぐに覚えてくれる。

福田は甲本と違って、ネタも一緒に作ってくれる。

そして甲本とやってた時と一番違うのは、毎回ウケる。

超ウケる。


だけどさ。

だけど。

なんだろう。

楽しかった。

甲本とやってた時が一番楽しかった。

ストリップ小屋で誰もうちらの漫才なんか見てくれてなくても、パチンコ屋でうちらの声が誰にも聞こえてなくても、でもさ、楽しかったんだ。


ごめん……。

でも、こらえきれなかった。


また会えるかな？

甲本が死んで、僕も何十年後かに死んでさ、そしたら会えるかな。

甲本、天国に行ってよね。地獄行かないでよ。

僕は天国行くから、甲本が地獄に行っちゃったら会えないでしょ。

でも、甲本が地獄にいるって分かったら、地獄に行くかもね。

一緒に漫才するために。

僕が死んだら、会おうね。

また。

3月30日　甲本へ

ごめん。

さっき、ひとつ嘘をついた。

もしあの時会ってたら。

甲本が日本に帰って来て、僕のところに来て、イエローハーツをもう1度やろうって言ってたら。

僕は……イエローハーツ、やったと思う。

絶対に。

だけど、このことを甲本に伝えても、甲本ならきっと後悔しないよね。

やっぱり会いたい。会わなきゃいけない。

今からこの日記を渡しに行く。

3月31日　田中へ

ありがとうな。
またやろうな。
イエローハーツ。
天国で。

「天国漫才」

甲本　はい、どうもー、イエローハーツです！
田中　いやー、まさかこうやってまたあなたと漫才できるとは思いませんでしたね。
甲本　僕も嬉しいですよ。天国で漫才してるわけですから。
田中　え？　僕、死んだの⁇
甲本　気付いてないの⁉　ガッツリ死んだでしょ！
田中　あ〜、死んだんだ〜。あなたも？
甲本　あなたより何十年も先に死んでますよ！　死ぬ時看取ってくれたでしょ！
田中　で、あなたは娘に刺されて死んだんだっけ⁇
甲本　刺されてませんよ！　うちの娘はそんなことしません！
田中　そうだよね。かわいいもんね、お前の娘は。
甲本　嫁に似てかわいいんですよ。
田中　名前もかわいいもんね。黄色く染めると書いて「パンツのシミ」だっけ？
甲本　おかしいだろ！　名前がパンツのシミって。
田中　いいじゃない。卒業式で名前呼ばれて目立つよ。「甲本パンツのシミ！」
甲本　「はい！」……って泣けねえよ、その卒業式！　みんなクスクスだよ！

田中　ここの客はみんなクスリともしないけどね！
甲本　そんなことない！　みんな笑顔でしょ！
田中　死んでるのになんで笑顔でいられるんですかね？
甲本　死んだから笑顔なんですよ！　ここ、天国ですからね！
田中　みなさんテンション高いですね。死んでるのに！
甲本　死んだんだからいいだろ！　テンション高くても。
田中　みんなー、夢はあるかーい⁇
甲本　そういうこと聞かないの！
田中　いやー、今日は久々にお前との漫才だから燃えるよね！　燃えまくり！
甲本　ここであんまそういう言葉使うのやめとこうか？
田中　なんでよ！　いいじゃない！　燃えるよね！　っていうか焼けたよね？
甲本　焼けたとか言わない！
田中　みんなホネがあるやつばっかだね！
甲本　はい、わざとだね！
田中　でもこうやって死んだ側になると、自分の葬式見てて笑っちゃいますよね。
甲本　なんでですか？　不謹慎でしょ、葬式で！
田中　いるんですよね～。焼香の時悩んでる人いるでしょ？　1回か3回かって。
甲本　まあまあ、確かにいますね。あれ前の人見てチェックしたりね！
田中　僕もたまに分からなくなっちゃうんですけどね。

甲本　焼香ですか？
田中　僕の昔の彼女、翔子っていうんですけど、名前が焼香だったか翔子だったか。
甲本　翔子に決まってんだろ！
田中　翔子とは3回ヤッたか1回ヤッたか悩むんですよね！
甲本　どっちでもいいよ！　つうか、3回か1回かだったら彼女じゃねえだろ！
田中　そんなにカッカしないで！　死んじゃいますよ！
甲本　死んでる！　ここ、天国！
田中　ちょっと甲本君、いいですか？
甲本　なんでしょう？
田中　せっかくこうやって久々に漫才できてるわけだけど、イマイチ笑いが来ない。
甲本　そうですかね？　笑ってるでしょ？
田中　いやいや、もっと笑わせないと！　でも、それは僕らに問題があるんです！
甲本　どんなところに？
田中　天国ともなれば、ここはここでおもしろい漫才師沢山いるわけですから。
甲本　まあ、そりゃそうですけど。
田中　僕らみたいなキャラ無しコンビじゃ、天国で笑い取れないよ。
甲本　天国は天国で大変なんだね！　じゃあ、どうしたらいい？
田中　外見だけでももうちょいインパクト与えるキャラじゃないとね！
甲本　まあ、僕ら結構普通ですからね。

田中　どっちかがデブってよくいるじゃないですか。
甲本　よくいます。
田中　うちらは両方太ろう！
甲本　暑苦しいわ！
田中　じゃあ、Ｗでメガネは？
甲本　もういますよ！
田中　Ｗでサングラスは？
甲本　あぶない刑事になっちゃうでしょ。
田中　じゃあ、Ｗでリーゼント。
甲本　それじゃあ、ビーバップ！　ヒロシとトオル。
田中　じゃあ、Ｗでハゲ。
甲本　ただの冴えないサラリーマンのふたり組でしょ。
田中　俺、上司ね！
甲本　どっちでもいいわ！　ハゲは嫌です！
田中　え？　スキンヘッドなのに⁉
甲本　もっと嫌だわ‼　スキンは嫌だ‼
田中　あ、瀬戸内寂聴にチクろう。
甲本　なぜチクる？　ってか、そんなルートあんの⁉
田中　じゃあ、衣装を変えようか！　Ｗでオーバーオール。

甲本　オーバーオールだったら、他にもいそうですよ！
田中　え？　Wでヒゲだよ？
甲本　マリオとルイージになっちゃうでしょ!!
田中　ふたりとも緑色だよ。
甲本　Wでルイージ⁉　せめてどっちかマリオにして！
田中　本当、お前はどうしようもないアイディアばっかり言うな！
甲本　お前だろ!!
田中　僕ら死んでるわけですから、もうちょっとそういう雰囲気出していこう。
甲本　たとえば？
田中　ふたりとも、三角の形の布で――。
甲本　はいはい、なるほど。
田中　乳首を隠す！
甲本　着エロアイドルじゃねえかよ！
田中　違いますよ！　でも、水に濡れて透けてもいいよ！
甲本　だから着エロだろ！　おっさんふたりが布で乳首隠して気持ち悪いだろ！
田中　その後はAV転向ね！
甲本　やっぱ着エロだろ！
田中　じゃあ、こうしよう。天国ですから死人らしいコスチュームでいこう。
甲本　どんなんですか？

田中　やっぱ白でしょう！　顔に白い仮面！
甲本　ジェイソンだろ！　ここ、天国ですよ！
田中　ふたりとも仮面ですよ！
甲本　Wでジェイソン？
田中　薄い白がボケで濃い白がツッコミ！
甲本　分かりにくいわ！
田中　仮面が嫌なら、全身白塗りでいこう！　白塗りで白い海パン。
甲本　呪怨の子供だろ！　気持ち悪いわ！　天国だって言ってんだろ！
田中　だったら、顔はアゴのあたりに青い色を入れてもいいけど。
甲本　デーモンになっちゃうだろ！　天国に悪魔、おかしいだろ！
田中　そんなに白塗りが嫌なら、白塗りやめて海パンだけにしようか？
甲本　白い海パン履くのは、海辺で張り切ってる男だけ！　ここ、天国ですよ！
田中　じゃあ、白い服着て、長い髪して、テレビから出てくる！
甲本　リングになっちゃうだろ！
田中　知ってる？　ヨシ子？
甲本　貞子だよ！
田中　俺の元カノ翔子だって！
甲本　元カノの話してねえだろ‼
田中　翔子とは3回か1回か教えて！

甲本　知らねえよ‼

田中　まったく、こういうやつをアホって言うんですよ。

甲本　お前だろ！

田中　じゃあ、お前はバカだ。

甲本　バカじゃないよ！

田中　じゃあ、大バカです。

甲本　大バカってなんだよ！

田中　だって友達のために夢を諦めちゃうんだから。

甲本　天国に来てまで言うことじゃないでしょ！

田中　本当、こいつには感謝してること沢山あるんです。

甲本　恥ずかしいから言わなくていいですよ。

田中　もともと高校卒業して、こいつに誘ってもらって芸人になったんですよ。

甲本　僕が誘ったんです。

田中　だけど、全然売れない！

甲本　運も大事ですからね。

田中　売れなかったのは、僕のせいです！

甲本　いやー、お前のせいじゃないよ。

田中　いや、僕のせいですよ！　だって、ツッコミ変わったら、僕売れたんだから。

甲本　俺のせいって言ってるようなもんじゃねえかよ‼

田中　こいつと別れた後に、福田ってカッコいいやつとコンビ組んでたんですけどね。
甲本　タナフクってコンビで、ドカーンと売れちゃってね！
田中　でも、福田よりお前のほうがいいところ一杯あるよ！
甲本　そんなことないですよ！
田中　ありますって！
甲本　じゃあ、せっかくだから教えてもらっていいですか？
田中　漫才中によく噛む！
甲本　田中君？　いいところって言ったでしょ？
田中　すいません！　漫才中の大事なところでよく噛む！
甲本　田中君⁉
田中　漫才のネタのスピード上げようって自分で言って噛む！
甲本　嫌味か‼
田中　そのくせ、責任とって舌は噛まない‼
甲本　死ねってこと⁉
田中　でも、そのくらい人間っぽい人のほうが漫才やってて楽しいんです！
甲本　全然嬉しくないんですけど⁉
田中　でも、ここから本当にいいところ！　昔こいつと交換日記やってたんですよ！
甲本　お互いの言いにくいところを言い合うためにね。
田中　そのおかげで、ずいぶん色んな思いを伝えられました。

甲本　僕も死ぬ何時間か前に、こいつに最後の日記書いたんですよ！
田中　あ〜、あれは胸が熱くなりました！　なんて書いたか教えてあげて！
甲本　「またやろうなイエローハーツ」
田中　「地獄で」
甲本　天国だろ！
田中　地獄でも、お前と漫才できたら、そこは天国でしょ！
甲本　天国漫才!!
田中・甲本　どうも、ありがとうございました！

（END）

＊本作品は、『Quick Japan』vol.86〜91の連載に加筆・修正を加えたものです。

鈴木おさむ（すずき・おさむ）

放送作家。一九七二年、千葉県千倉町（現南房総市）生まれ。高校時代に放送作家を志し、一九歳でデビュー。バラエティーを中心に数々の人気番組を構成。二〇〇二年には、森三中の大島美幸さんと結婚。「いい夫婦の日」パートナー・オブ・ザ・イヤー 2009受賞。主な著書に、結婚生活を綴った『ブスの瞳に恋してる』（マガジンハウス）、『ハンサム★スーツ』（集英社）、『テレビのなみだ』（朝日新聞出版）など。

芸人交換日記
〜イエローハーツの物語〜

二〇一一年三月一四日　第一刷印刷
二〇一一年三月二〇日　第一刷発行
二〇一一年十二月一日　第六刷発行

著者　鈴木おさむ
編集　藤井直樹
発行人　岡聡
発行所　株式会社太田出版
〒一六〇-八五七一
東京都新宿区荒木町二二　エプコットビル一階
電話　〇三（三三五九）六二八一［編集］
〇三（三三五九）六二六二［営業］
振替　〇〇一二〇-六-一六二一六六
装丁　木庭貴信＋松川祐子（オクターヴ）
印刷・製本　株式会社光邦

Printed in Japan　ISBN978-4-7783-1250-3 C0093
太田出版ホームページ http://www.ohtabooks.com/